괴물 포식자

괴물 포식자 10

철순 장편소설

초판 1쇄 찍은 날 § 2017년 1월 2일
초판 1쇄 펴낸 날 § 2017년 1월 9일

지은이 § 철순
펴낸이 § 서경석

편집 § 김경민

펴낸곳 § 도서출판 청어람
등록번호 § 제387-1999-000006호
등록일자 § 1999. 5. 31
어람번호 § 제1-2597호

주소 § 경기도 부천시 부일로 483번길 40 서경B/D 3F (우) 14640
전화 § 032-656-4452 팩스 § 032-656-4453
http://www.chungeoram.com
E-mail § chungeorambook@daum.net

ISBN 979-11-04-91116-3 04810
ISBN 979-11-04-90817-0 (세트)

10

괴물
포식자

철순 장편소설

FUSION FANTXSTIC STORY

청어람
도서출판

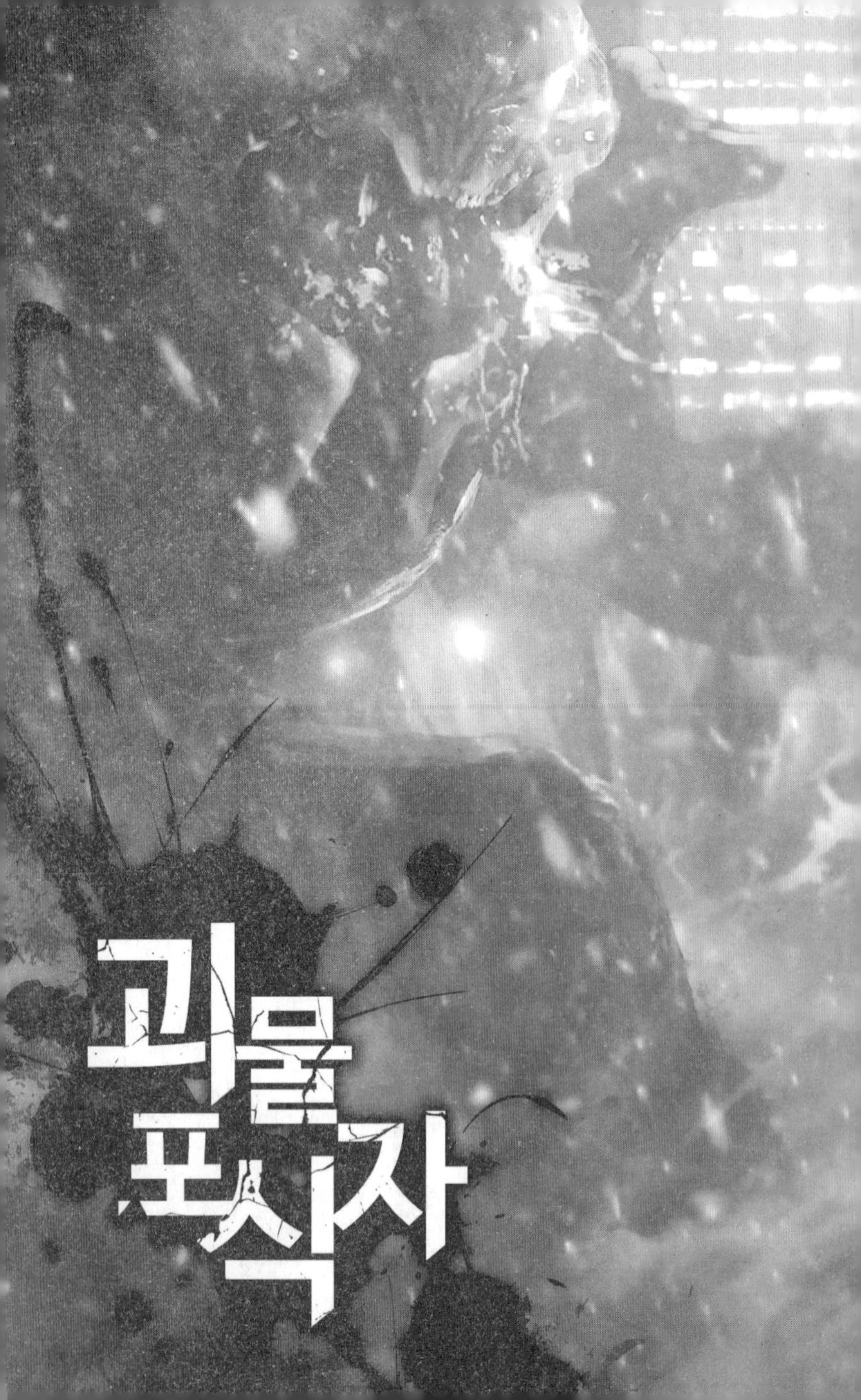
괴물 포식자

Contents

제1장

내 그럴 줄 알았어ⅠⅠⅠ

거대한 마카라가 덩치에 어울리지 않는 점프력을 보이며 수면 위로 튀어 오른 순간.

신혁돈 또한 고도를 높이며 마카라의 주둥이를 피했고, 간발의 차이로 빗겨간 마카라의 주둥이가 '딱!' 소리를 내며 닫혔다.

푸화아아악!

족히 30m는 되는 거대한 덩치가 수면을 때리자 엄청난 물보라가 튀었고 두 개의 섬 해변에 있던 길드원들은 자신들을 덮치는 파도를 피하기 위해 섬 깊숙이 들어갔다.

공격에 실패한 마카라는 바다와 같이 넓은 호수 속을 유유히 노니며 신혁돈과 도시락을 바라보았다.

마카라의 식욕은 상상을 초월한다.

저번 삶, 마카라를 퇴치한 후 리빈스크 저수지의 생태계를 파악했을 때 살아 있는 생물이 단 하나도 없었다.

의문을 느낀 당국은 조사에 들어갔고 결국 마카라의 뱃속에서 소화되고 있는 리빈스크 저수지의 생태계를 발견할 수 있었다.

그 정도로 엄청난 식욕을 가진 마카라가 러시아에 큰 타격을 주지 못한 이유는 간단하다.

육지에 올라올 수 있는 시간이 극도로 제약되어 있었다.

아무리 길어야 5분 정도.

'문제는 그때와 다르다는 거지.'

모양새만 보면 얼추 비슷하지만 크기와 머리의 모양이 너무나 달랐다. 저번 고르곤 때와 같이 더욱 크고 진화된 형태를 가지고 있었다.

아무리 적게 보아도 저번 삶에서 보았던 마카라보다 2배는 컸다.

'육지에서도 2배 이상 활동이 가능하려나.'

확신할 순 없다.

신혁돈이 고민에 빠진 사이, 마카라가 부리부리한 눈을 끔

빡인 뒤 수면 아래로 깊이 잠수했다.

'공격인가.'

잡념을 털고 공격에 대비한 순간.

번쩍!

파하아악!

물속에서 두 개의 빛줄기가 신혁돈을 노리고 쏘아졌다. 갑작스러운 공격을 가까스로 피해낸 신혁돈이 균형을 잡았다.

'원거리 공격이라니?'

신혁돈이 알고 있었던 마카라의 무서운 점은 튼튼한 몸과 거대한 체구다. 이 두 가지를 빼면 아무것도 없던 놈이 원거리 공격까지 한다니.

신혁돈이 겨우 몸의 균형을 찾자마자 마카라가 튀어 올랐고 그는 다시 한 번 고도를 높여 공격을 피해냈다.

그 순간.

최고 고도에 오른 마카라는 그대로 떨어지지 않고 신혁돈을 바라보았다. 그와 동시에 마카라의 눈이 번쩍였다.

'다르다!'

번쩍!

방금 물속에서 보았던 빛이 마카라의 눈에서 번쩍인 순간 신혁돈의 몸이 빛에 휩싸였다.

"까아아악!"

그와 동시에 그의 곁에서 공격할 기회를 보고 있던 도시락이 포효하며 마카라의 몸을 들이받았다. 하지만 마카라는 모두 예상했다는 듯 오히려 머리를 틀어 도시락의 몸을 물어뜯으려 했다.

"까악!"

하지만 도시락은 더욱 민첩하게 움직이며 마카라의 아가리를 피해낸 뒤 신혁돈의 명령대로 마카라의 몸통 뒷부분을 물어뜯고 발톱으로 할퀴었다.

마치 새가 물고기를 사냥하듯 살점을 뜯어낸 순간 마카라의 눈이 다시 번쩍였고, 도시락은 어쩔 수 없이 마카라의 몸을 놓으며 하늘로 날아올라 공격을 피했다.

풍덩!

도시락의 발톱에서 벗어난 마카라는 다시 물속으로 들어갔다. 괴물의 몸에서 흘러나온 피가 리빈스크 저수지를 새빨갛게 물들였다.

마카라를 쫓아낸 도시락은 곧바로 눈을 돌려 신혁돈을 찾았고 새카맣게 탄 채 비틀거리며 추락하고 있는 신혁돈을 자신의 등에 얹었다.

그러고는 곧바로 길드원들이 서 있는 섬으로 날아가 신혁돈을 내려놓았다.

공격을 당한 마카라가 섬 주변을 맴돌며 공격의 기회를 엿

보는 사이 도시락은 곧바로 하늘로 날아올랐고, 길드원들은 신혁돈의 몸에 치료 마법을 쏟아부었다.

"괜찮으십니까?"

"그럭저럭."

빛의 기둥에 직격당하기 직전 아르마딜로 리자드 몬스터 폼을 최대로 발동시킨 덕에 큰 피해를 입진 않았다. 게다가 고르곤의 가죽으로 만든 옷까지 더해지자 물리적 충격 외의 피해는 거의 입지 않았다.

"빛에 물리력이 있다. 아무런 방비 없이 직격타를 맞아도 고르곤의 가죽이 막아주긴 하겠지만 까딱했다가는 그대로 불타 죽을 수도 있으니 조심해라."

몸으로 겪은 이의 말에 길드원들은 고개를 끄덕였고 신혁돈은 몸을 털고 일어섰다.

그 순간.

번쩍! 번쩍! 번쩍!

이제 막 떠오르는 태양보다 더 밝은 빛기둥이 리빈스크 저수지의 하늘을 밝혔다. 장관이라고 할 수도 있는 장면이었지만 그 빛기둥의 표적이 된 도시락은 꽁지에 불이라도 붙은 듯 열심히 날며 공격을 피하고 있었다.

"제공권을 먼저 잡겠다는 생각 같은데 말입니다."

윤태수의 말에 백종화가 고개를 끄덕였다.

그러자 옆에 있던 김민희가 신혁돈에게 다가오며 하늘로 손을 뻗었다.

　곧바로 그녀의 머리 위에 아엘로의 창 10개가 모여들었고, 1m짜리 은색 창들이 하나로 모이며 10m에 이르는 거대한 창이 완성되었다.

　아엘로의 창을 머리 위에 띄운 김민희는 신혁돈을 보며 물었다.

　"이걸로 노려보는 건 어때요?"

　"좋은 생각이다."

　신혁돈의 허락이 떨어지자 아엘로의 창이 별똥별처럼 날아 수면을 파고들었다.

　주변의 모든 것을 볼 수 있는 비홀더의 눈을 쥔 채 눈을 감은 김민희는 마치 아엘로의 창에 빙의한 듯 물속에 있는 마카라를 노렸다.

　물속 상황을 볼 수 없는 길드원들은 답답한 가슴을 안고선 혹시 모를 공격에 대비해 김민희의 주변을 둘러쌌다.

　그 순간.

　파파파파팟!

　수면이 요동친다는 느낌과 동시에 마카라의 머리가 수면을 뚫고 나왔다.

　"온다!"

물속에서 자신보다 빠르게 움직이는 아엘로의 창을 피하기보다는 본대를 상대하기로 마음먹은 것인지 놈은 엄청난 속도로 섬을 향해 달려들고 있었다.

"땅에 닿기 전에 공격한다!"

신혁돈의 명령과 동시에 메이지들의 에르그 에너지가 폭발하듯 뿜어졌다.

"솟구쳐라!"

"일어나라!"

본능적으로 가슴을 펴던 윤태수가 고르곤의 흉갑이 없다는 것을 깨닫고선 가슴을 움츠리는 사이 백종화의 에르그 에너지가 담긴 물기둥이 마카라의 배를 때렸다.

곧이어 안지혜의 에르그 에너지가 담긴 흙의 거인도 그들의 앞에 일어섰다.

안지혜가 다루는 흙의 거인 또한 성장의 성장을 거듭해 이제는 5m가 넘는 거인의 형상을 하고 있었다.

하지만 상대는 30m가 넘는 괴물.

콰르릉!

아엘로의 창과 물기둥, 흙의 거인조차도 한 번의 돌진으로 모두 뚫어버린 마카라가 길드원들을 노리고 점프했다. 길드원들은 인간 앞에 놓인 개미 떼처럼 사방으로 흩어지며 마카라의 몸을 피해야 했다.

콰르르릉!

섬이 무너지는 듯한 지진과 함께 마카라가 땅 위로 올라왔다.

"맙소사……."

용의 머리와 몸, 돌고래의 피부와 꼬리를 합쳐놓은 듯한 괴랄한 생명체가 두 개의 다리를 이용해 땅 위에 군건히 선 순간.

"배를 노려!"

신혁돈이 소리쳤고 길드원들은 진이 무너진 채로 마카라에게 달려들었다.

땅에 올라온 순간 수상 괴물인 마카라가 가지는 이점의 90% 이상이 사라진 것이나 마찬가지였다. 이제는 돌아가기 전에 죽여야 한다.

신혁돈은 곧바로 강신을 사용하여 마카라의 꼬리를 향해 달려들었다. 만약의 경우 마카라가 퇴각을 하려 해도 곧바로 물속으로 들어가지 못하게 하려는 수작이었다.

쾅! 쾅! 쾅!

마카라는 아엘로의 창을 조종하는 김민희에게 두 눈을 고정한 채로 거대한 몸을 움직였다.

"으… 으아아!"

김민희는 기이한 비명을 지르며 마카라의 다리를 피해 달리기 시작했다. 하지만 한 번에 10m도 뛰지 못하는 김민희와 다르게 마카라는 그 두세 배를 움직였고 결국 마카라가 김민희를 향해 입을 벌렸다.

쿠우우웅!

딱!

김민희의 바로 앞에서 마카라의 입이 닫히며 뜨끈한 콧김이 그녀를 덮쳤다. 순간의 공포로 눈을 감았던 김민희는 살아난 것에 감사하며 곧바로 달리기 시작했고 마카라는 분노하며 자신을 막은 존재를 바라보았다.

네 개의 팔을 지닌 불의 거인이 두 개의 손에는 거대한 언월도를 머리 높이 들고, 나머지 두 개의 손으로는 마카라의 꼬리를 쥐고 있었다.

당황한 마카라의 눈이 번쩍인 순간!

서걱!

푸른 불꽃의 언월도가 마카라의 꼬리를 잘라냈다.

끼아아아아!

그가 시간을 번 사이 공격을 위해 달려가던 길드원들이 걸음을 멈추고 귀를 막을 정도로 엄청난 비명이 터져 나왔다. 강신 상태의 신혁돈 또한 미간을 한껏 찌푸리며 뒤로 물러섰다.

"끄윽……."

길드원들이 고막이 터진 게 아닌가 아, 아 하는 소리를 내며 귀를 확인하는 동안 신혁돈은 곧바로 마카라의 등에 올라타기 위해 점프했다.

마카라의 시선이 당연하게도 신혁돈에게 향했다.

푸우우욱!

어느새 저 멀리 달아난 김민희가 다루는 아엘로의 창이 마카라의 몸을 꿰뚫었다.

"끼아아악!"

마카라에게서 다시 한 번 기괴한 비명이 터져 나왔다. 그러나 미리 대비를 하고 있었기에 큰 피해는 주지 못했고, 이는 오히려 신혁돈에게 틈을 준 셈이 되어버렸다.

서걱! 서걱!

기회를 잡은 불의 거인은 거대한 언월도를 한 자루 더 소환해 낸 뒤 네 개의 팔로 두 개의 언월도를 동시에 휘두르기 시작했다.

베임과 동시에 타들어가는 상처에 마카라는 기성을 지르며 똬리를 틀기 위해 몸을 돌렸다. 하지만 몸과 함께 바닥까지 꿰뚫어 버린 아엘로의 창이 그것을 방해했다.

도망을 칠 수도, 공격을 이어갈 수도 없었다.

"끼익! 끼이이익!"

마카라가 기성을 지르며 몸을 틀자 바닥에 박혀 있던 아엘로의 창이 뽑혀 나왔다.

몸의 내장이 전부 쓸려나가는 것도 무시한 그 움직임에 신혁돈은 당황했고, 그와 동시에 마카라의 두 다리가 땅을 박차며 불의 거인을 향해 뛰어들었다.

신혁돈은 곧바로 언월도를 놓으며 네 개의 손으로 마카라의 턱을 후려쳤다.

콰앙!

어마어마한 충격이 전해졌을 것이 분명한데도 마카라는 눈 하나 깜짝하지 않고서 불의 거인 속에 있는 신혁돈의 몸을 쥐어 챘다.

'당한다!'

신혁돈은 몸 바깥으로 뿜어 강신을 하는 데 사용하던 수르트의 힘을 모두 흡수했다. 그러자 신혁돈의 피부 전체가 용암처럼 끓어오르며 그를 쥐고 있는 마카라의 발을 녹였다.

하지만 마카라는 꿈쩍도 하지 않았고 신혁돈을 발에 쥔 채 물속으로 뛰어들었다.

"…맙소사."

"안 돼!"

"창! 아엘로의 창!"

당황한 길드원들 사이에서 윤태수가 소리쳤다. 그제야 정신을 차린 김민희가 아엘로의 창을 조종해 물속으로 던짐과 동시에 비홀더의 눈을 발동시켰다.

"까아아악!"

하늘을 맴돌며 공격할 기회를 엿보고 있던 도시락이 물고기를 노리는 새처럼 잠수하고 있는 마카라의 몸을 쥐어 챘다.

하지만 도시락의 발톱은 마카라의 등가죽을 긁어 피를 낼뿐 물 밖으로 끌어내지 못했다.

"까아아아악!"

*   *   *

뽀그르르.

'크읍!'

신혁돈의 주변에 있는 모든 물들이 순식간에 기화되며 기포를 만들어냈다. 그럼에도 마카라는 신혁돈을 쥔 발톱에 힘을 빼지 않았고 그는 갈비뼈가 아스러지는 고통에도 정신을 집중했다.

마카라는 계속해서 깊이 잠수했다.

꼬리가 잘리고 배가 다 갈라져 내장이 튀어나온 이상 아무리 괴물이라 한들 살아남긴 힘들 터였다. 문제는 신혁돈 또한 마찬가지라는 것.

그 순간.

—새로운 엘드요툰의 힘이 필요한 순간같이 느껴지는군.

　수르트의 목소리가 신혁돈의 머릿속을 울렸다.

　목소리는 마치 악마의 속삭임과 같이 신혁돈의 뇌리를 자극했고 그는 고민할 새도 없이 답했다.

　'원한다.'

　—계약자여, 다시 한 번 묻겠다. 내가 영혼을…….

　'가져가! 그리고 새로운 힘을…….'

　생각을 이어갈 수 없을 정도로 강한 압력이 신혁돈의 몸을 압박했다. 신혁돈은 폐가 쥐어짜이는 듯한 고통 속에 멀어지는 정신을 간신히 부여잡았다.

　—알겠다.

　빠직!

　용암처럼 새빨갛게 달아올랐던 신혁돈의 가슴에서 스파크가 튀었다.

　파지직! 파지직!

　가슴에서 시작된 스파크는 한 번에서 멈추지 않고 신혁돈의 온몸으로 퍼져 나갔다. 종국에 신혁돈의 몸은 용암처럼 달아오른 상태로 엄청난 전류를 뿜어댔다.

　그와 동시에 그의 몸속에서 새로운 힘이 차오르기 시작했다. 그러면서 신혁돈은 자신을 압박하고 있는 악력이 천천히 풀어지는 것을 느꼈다.

'하아……'

간신히 눈을 뜬 신혁돈의 눈앞에 그레이트 화이트 홀이 보였다.

'들어가려는 것인가.'

자신이 살던 곳으로 돌아가 살 방법을 모색하려는 것이 분명했다.

'막아야 한다.'

파지지직!

신혁돈이 생각을 함과 동시에 수르트의 힘이 그의 몸속에서 넘쳐흘렀다.

남은 거리는 100m가량.

이 속도라면 남은 시간은 3초 안팎.

'이거라면 할 수 있다. 아니, 충분하다!'

신혁돈이 마음을 먹은 순간, 그의 몸에서 흘러나온 에르그 에너지가 엄청난 열기를 내뿜는 전류의 폭풍을 만들어냈다.

"끼에에에에!"

불과 전류의 폭풍에 휩싸인 마카라는 물속에서 들릴 정도의 엄청난 기성을 토했고 그와 동시에 신혁돈을 조이고 있던 악력이 완전히 약해졌다.

기회를 잡은 신혁돈은 곧바로 마카라의 발톱을 벌린 뒤 탈출했다.

그리고 다시 한 번 강신을 사용했다.

빠지지직!

화르르륵!

신혁돈의 몸이 마치 풍선이 불어나듯 엄청난 속도로 커지기 시작했고 그의 몸 주변으로 푸른 불꽃과 새하얀 스파크가 튀기 시작했다.

신혁돈은 몸속을 가득 채우다 못해 흘러넘치는 힘을 느끼며 마카라를 바라보았다. 그를 놓친 마카라는 미련을 두지 않은 채 그레이트 화이트 홀로 도망을 치려 했다.

'어딜!'

신혁돈이 손을 뻗은 순간.

마카라의 몸 전체에 불이 붙었고 몸속에서는 어마어마한 번개의 폭풍이 일었다. 그와 동시에 마카라의 피부가 안에서부터 터져 버렸다.

"끼에! 끼엑!"

신혁돈은 물속임에도 평지인 것처럼 걸어서 움직였고 어느새 손에 쥐여진 불과 번개의 채찍으로 마카라의 몸을 감쌌다.

두께만 5m는 될 법한 마카라의 몸을 한 번에 채찍질로 휘감은 신혁돈은 그대로 모든 힘을 채찍에 실었다.

하지만 마카라는 그의 공격을 무시한 채 계속해서 그레이트 화이트 홀을 향해 몸을 움직였디, 그리고 결국 마카라의 머리가 그레이트 화이트 홀을 통과하고 말았다.

신혁돈은 이를 악문 채 채찍을 쥔 손에 힘을 주었고 마카라와 함께 그레이트 화이트 홀을 통과했다.

온몸이 울렁이는 듯한 느낌과 동시에 빠른 속도로 게이트를 통과한 신혁돈은 곧바로 채찍을 힘껏 당겼다. 그리고 그 반발로 인해 그의 몸이 마카라를 향해 날아갔다.

마카라 또한 쉽게 당하진 않겠다는 듯 날아오는 신혁돈을 보며 두 눈에서 거대한 빛기둥을 뿜어냈다.

순간 눈이 멀 정도의 엄청난 빛이 그를 강타했지만 새로운 엘드요툰의 힘을 얻은 신혁돈은 단 한 번의 손짓으로 빛기둥을 갈라 버리며 마카라의 머리를 향해 돌격했다.

불과 번개에 휩싸인 거인의 주먹이 마카라의 머리를 후려친 순간.

꾸우우웅!

그와 동시에 신혁돈의 몸 전체에서 엄청난 양의 벼락이 사방으로 몰아쳤다.

콰릉! 콰르릉!

신혁돈의 주먹과 맞닿은 마카라의 머리가 새하얗게 발열하자 마카라의 눈이 부풀어 오르며 터져 버렸다. 그리고 곧바로 마카라의 몸 전체가 터져 나갔다.

'…후우.'

폭발로 인해 조각조각 나누어진 마카라의 시체가 발밑으로 가라앉았다. 짧게 한숨을 내쉰 신혁돈은 에르그 에너지를 퍼뜨려 주변을 탐사하며 마카라의 심장을 찾아냈다.

마카라의 심장은 에르그 에너지에 의해 보호를 받은 덕인지 새로운 엘드요툰의 힘에도 터지지 않은 상태였다. 신혁돈은 곧바로 마카라의 심장을 흡수한 뒤 떠오르는 에르그 코어를 챙겼다.

이번에 나온 아이템은 단 하나로 반지의 모양을 하고 있었다.

[마카라의 영혼을 흡수하셨습니다.]
[보유 중인 영혼의 수 : 1]
…….

반지를 챙김과 동시에 이것저것 스킬에 관한 메시지들도 떠올랐지만 지금은 그것에 신경 쓸 때가 아니었다. 메시지 창을 다 지워 버린 신혁돈은 곧바로 주변을 둘러보았다.

'타 차원인가.'

자신의 몸에서 흘러나오는 빛을 제외하고선 빛 한 점 없는 어두운 물속이었다.

당장에라도 무언가 튀어나올 것 같은 어둠 속에서 신혁돈은 긴장의 끈을 놓지 않은 채 그레이트 화이트 홀의 차원석을 탐지했다.

마음 같아서는 당장 돌아가서 쉬고 싶었지만 차원석을 부수지 않았다가 다른 괴물이 튀어나온다면 일이 두 배가 될 터였다.

숨도 쉬지 않으며 물속을 헤집던 신혁돈은 곧 차원석을 찾아내 부수는 데 성공할 수 있었다.

그러자 에르그 코어가 떠올랐고 신혁돈은 강신을 유지한 채 에르그 코어에 손을 얹었다.

그 순간, 에르그 코어가 익숙한 석판의 모양으로 변하기 시작했다.

'가이아의 목소리가… 왜?'

궁금해한다고 답이 나올 리 없는 상황. 신혁돈은 가이아의 목소리가 완성되길 기다렸다가 석판이 완성되는 순간 손을 얹었다.

[여덟 번째 시련은 하나의 시련이 아닙니다. 조심하세요. 그리고 아이가투스는 혼자가 아닙니다.]

가이아의 목소리가 신혁돈의 머릿속을 울렸다.

'하나의 시련이 아니며 혼자가 아니다?'

알 수 없는 말들.

마치 수르트와 대화하는 것 같은 느낌이 들었다. 기분 나쁜 묘한 느낌이 지워지지 않고 신혁돈의 머릿속에 맴돌았다.

'일단 나가자. 나가서 생각하자.'

마음을 먹은 신혁돈은 곧바로 출구를 향해 움직였다.

＊　　　　＊　　　　＊

쫘릉! 쫘르르릉!

물속에서 벼락이 치는 진풍경을 본 길드원들은 도대체 어떤 표정을 지어야 할지 모르겠다는 얼굴로 저수지를 내려다보았다.

"뭐가 어떻게 된 거야?"

비홀더의 눈을 통해 물속을 들여다보고 있는 김민희조차도 아무런 말없이 침묵하고 있자 답답해진 윤태수가 자신의 가슴을 퍽퍽 때렸다.

그 순간, 저수지의 바닥이 보일 정도로 환해졌다. 그리고 그 안에서 사투를 벌이고 있는 거인과 마라카의 모습이 모두의 눈에 각인되었다.

"…저게 뭐야?"

"강… 신인가 그거 아니야?"

"좀 다른데?"

길드원들이 미간을 찌푸리며 집중하는 사이, 신혁돈과 마라카의 모습이 그레이트 화이트 홀 속으로 들어가 버렸다.

"젠장!"

"제대로 본 사람?"

그때 김민희가 조종하던 아엘로의 창이 물 밖으로 날아와 섬에 꽂혔고 그와 동시에 김민희가 일어서며 말했다.

"마스터가 마라카의 손에서 탈출했어요. 그러고는 평소랑 조금 다른… 불과 벼락이 섞였다고 해야 하나? 어쨌거나 그런 모습으로 변했어 마라카를 때려잡다가 그레이트 화이트 홀로 끌려 들어갔어요."

김민희의 설명이 끝나자 윤태수가 물었다.

"그래서?"

"…예?"

"그래서는 무슨 그래서야, 민희가 그다음 일을 어떻게 알겠어. 형님이 힘을 되찾은 것 같으니 일단은 기다려 보자."

백종화는 윤태수의 말 같지 않은 질문을 잘라낸 뒤 환하게 빛나고 있는 그레이트 화이트 홀을 바라보았다.

"당신들… 매번 이런 전투를 해온 겁니까?"

그사이, 곁으로 다가온 헤르메스가 윤태수에게 물었다. 윤태수는 짧게 고개를 끄덕이는 것으로 대답을 대신했다.

"맙소사."

보통의 각성자들은 괴물을 상대하는 데 목숨을 걸지 않는다.

물론 각성자들이 들으면 코웃음을 치겠지만 실상이 그렇다. 그들은 목숨을 지키기 위해 차원문 하나를 공략하는 데 있어 짧게는 몇 주, 길게는 몇 달간의 시간을 소모한다.

한데 패러독스는 달랐다.

마치 목숨이 몇 개가 있는 것처럼 움직이며 승산이 얼마가 되든 간에 일단 도전하고 본다.

물론 헤르메스의 눈에만 그렇게 보일 수도 있었다.

하지만 매 전투마다 몇 명씩 크게 상처를 입는 것을 보고 있자면 이런 생각이 들 수밖에 없었다.

이래서 강한 것이구나.

이들은 강할 수밖에 없구나.

그런 생각이 든 순간.

당연히 따라오는 의문이 있었다.

왜?

헤르메스는 차오르는 의문을 참지 못하고 윤태수에게 물었다.

"왜… 왜 이렇게까지 하는 겁니까?"

수면 아래 환하게 빛나고 있는 그레이트 화이트 홀을 바라보며 팔짱을 끼고 있던 윤태수가 시선조차 돌리지 않은 채 말했다.

"꿈이 있습니까?"

"예?"

"뭐 그런 거 있지 않습니까. 복권에 당첨된다거나, 용사가 되어 세상을 구한다거나."

"…그게 무슨."

"당신이 각성자가 되어 진실의 눈을 세우고 사람들을 돕는 이유가 있을 거 아닙니까."

헤르메스는 생각을 하는 듯 잠깐 시선을 돌렸다가 고개를 끄덕였다.

"예. 그렇습니다."

"그겁니다."

"꿈… 때문이라고요?"

"뭐 비슷합니다. 꿈, 소망, 자신의 미래. 뭐 다 비슷한 거 아니겠습니까? 모두 그걸 지켜내고 이루기 위해 노력하는 것뿐입니다."

윤태수의 대답을 듣자 헤르메스의 머릿속에는 본질적인 의문이 가득 차올랐다.

"그러다 죽으면… 끝 아닙니까?"

그제야 윤태수의 고개가 헤르메스를 향해 돌아갔다.

"제 이야기는 거기서 끝나겠습니다만 패러독스는 11명입니다. 뭐 한 명쯤은 살아남아서 제 꿈을 대신 이루어주지 않겠습니까?"

그야말로 꿈같은 이야기에 헤르메스가 허, 하고 숨을 내쉬었다.

현대 사회에 어울리지 않는 감성이었다.

아니, 어릴 적 보았던 동화에나 존재하는, 현대 사회가 아니라 사회 안에 존재는 했을까 싶은 감성이었다.

그래서 더 와 닿았다.

저들은 그것을 진심으로 믿고 있기에 자신의 몸을 아끼지 않은 것이고 그렇기에 지금까지 살아남아 강해질 수 있던 것이다.

"대단하네요."

헤르메스의 말에 윤태수는 어깨를 으쓱인 뒤 턱짓으로 저수지의 표면을 가리켰다.

"대단한 건 저 양반이지."

그의 시선이 윤태수의 턱을 따라 수면으로 움직였다.

수면이 환하게 밝아지는 것 같다는 느낌을 받은 찰나, 용암 위로 번개가 튀는 것 같은 피부를 가진 거인이 거대한 물안개를 일으키며 튀어나왔다.

"…그건 그러네요."

거인은 허공을 걷듯 천천히 섬을 향해 다가왔고 다가올수록 크기가 줄어들었다.

섬에 도착할 때쯤 완벽한 인간의 모습으로 돌아온 신혁돈은 길드원들을 슥 훑어본 뒤 말했다.

"클리어."

참 그다운 대사에 길드원들은 헛웃음과 한숨을 쉬었다. 윤태수는 다리의 힘이 풀리는지 그대로 주저앉으며 말했다.

"내 이럴 줄 알았어. 다음부터 휴가는 무조건 개별 휴가입니다. 무조건!"

그의 말에 길드원들이 짧게 웃음을 터트렸고 신혁돈은 어깨를 으쓱이며 말했다.

"다음번 휴가가 있다면 그렇게 하도록 하지."

말을 마친 신혁돈은 한 손으로 관자놀이를 꾹 누른 뒤 자리에 풀썩 앉았다.

"피곤하군."

"예?"

"아주 피곤해."

말을 마친 신혁돈은 그대로 눈을 감으며 뒤로 누워버렸다.

미소를 띤 채 바로 앞에 서 있던 이서윤이 당황하며 신혁돈에게 달려가서 맥박을 짚었다. 길드원들 또한 급박한 표정을 지으며 신혁돈의 주변으로 모였다.

그사이 가벼운 진찰을 끝낸 이서윤이 말했다.

"…그냥 잠든 거네요."

"예?"

"말 그대로 피곤해서 곯아떨어졌어요."

"허이구."

그제야 긴장이 풀린 길드원들이 이리저리 아무렇게나 널브러졌다. 헤르메스 또한 한시름을 놓은 표정으로 바위에 걸터앉아 저수지를 바라보았다.

"…음?"

그의 눈에 저수지의 수면으로 무언가 떠오르는 것이 보였다.

"뭐지 저게?"

그의 말에 이제 막 몸을 뉘였던 길드원들이 상체만 일으켜 저수지를 보았다. 곧 그들의 눈에도 새하얀 무언가가 무리지어 떠오르는 것이 보이기 시작했다.

헤르메스는 곧바로 바람의 힘을 이용해 물 위를 걷듯 날아가 새하얀 것의 정체를 확인한 뒤 심각한 표정으로 뒤로 돌며 말했다.

"…물고긴데?"

"예?"

"물고기라고요."

그는 배를 뒤집고 수면에 둥둥 떠 있는 물고기를 들기 위해 물속에 손을 집어넣었다.

그 순간.

파직!

"으억!"

헤르메스가 화들짝 놀라며 말했다.

"뭐야, 이거?"

손끝이 불에 덴 듯 따끔했다. 헤르메스가 놀라자 윤태수도 다가와 물에 손을 담가보았고 그 또한 깜짝 놀라며 손을 뺐다.

"이거… 잔류 전기 같은데?"

"예?"

"아까 혁돈 형님이 번개 한 방 크게 쐈잖습니까. 그게 저수지 전체에 남아서……."

윤태수는 고개를 살짝 돌려 저수지 수면을 가득 채우고 있는 새하얀 물고기의 배를 보았고 그대로 말을 잇지 못했다.

"하아……."

"이건 어쩌지?"

윤태수와 헤르메스가 한숨을 쉬는 사이 홍서현이 살짝 고개를 들며 말했다.

"괴물이 했다고 그러죠? 번개를 뿜는 괴물이었다고."

그녀의 말에 두 사내의 눈이 허공에서 마주쳤고 동시에 고개를 끄덕였다.

"아주 좋은 생각이야."

제2장

다섯 개의 태양I

마카라 퇴치 후 패러독스 일행은 나흘을 더 쉬고서야 한국으로 돌아왔다. 여느 때와 다름없이 이서윤의 집에 모인 길드원들은 휴식에 익숙해진 듯 건어물처럼 여기저기 늘어져 아무것도 하지 않고 있었다.

어차피 얼마 지나지 않아 아이가투스의 여덟 번째 차원으로 들어가기 위한 준비를 해야 했기에 지금 충분히 쉬어두는 것도 나쁘지 않았다.

그들과 마찬가지로 소파에 앉아 도시락과 놀아주고 있던 신혁돈은 잊고 있던 아이템을 꺼내 들었다.

쌍둥이 빛 ― 베라이네 [Set]

―대상의 기척을 드러냅니다.

―대상의 그림자 개수를 늘립니다.

―성장이 가능합니다.

―성장 조건이 밝혀지지 않았습니다.

아이템의 효과를 확인한 신혁돈의 입가에 미소가 번졌다.

'다 모았군.'

쌍둥이 그림자 세트 두 개 중 하나인 쌍둥이 그림자 ― 베라인은 저번 남미 토벌 작전 때 얻어두었던 아이템이었다. 이제 베라이네가 나왔으니 세트가 완성된 것이다.

베라이네의 옵션만 봐서는 그저 그런 아이템이었다.

하지만 세트 아이템이 합쳐진다면 사용자에 따라 에픽 아이템의 효율을 내는 세트가 될 터였다. 신혁돈은 지체 없이 베라이네를 착용했다.

그러자 두 개의 반지가 살아 있는 뱀처럼 그의 손가락을 타고 움직이기 시작했다. 두 개의 반지는 신혁돈의 손가락을 타고 올라가더니 중지에서 만나 영롱한 빛을 내며 합쳐졌다.

갑작스러운 빛에 늘어져 있던 길드원들의 시선이 집중되었다. 그 사이에서 이제는 한 가족처럼 느껴지는 헤르메스가 벌떡 일어서며 말했다.

"그건 뭡니까?"

메르히칸의 빛과 그림자 ― 메르히칸 베라인과 베라이네 [Set]

―사용자의 기척을 숨겨줍니다.

―상대의 기척을 드러냅니다.

―사용자의 그림자를 없애줍니다.

―상대의 그림자를 드러냅니다.

―성장이 가능합니다.

―성장 조건이 밝혀지지 않았습니다.

―에르그 에너지를 사용해 '메르히칸 섀도'를 사용할 수 있습니다.

―'메르히칸 섀도'

하나가 된 메르히칸의 빛과 그림자는 대상과 똑같이 생각하고 움직이는 분신을 만들어낼 수 있습니다.

대상의 동의 없이도 분신을 만들 수 있습니다.

대상의 에르그 에너지 보유량에 따라 사용되는 에르그 에너지 양이 결정됩니다.

분신의 지속 시간은 에르그 에너지 보유량에 따라 다르며 대상이 사용하는 스킬과 능력을 모두 사용할 수 있습니다.

분신이 사용하는 스킬은 사용자의 에르그 에너지를 기반으로 합니다.

자신과 똑같은 분신을 만들어낼 수 있다. 스킬과 능력까지 똑같이 사용하는 분신!

신혁돈은 대답 대신 자리에 앉은 채로 헤르메스를 가리켰다.

그의 손가락에 끼워져 있던 메르히칸의 빛과 그림자에서 하얗고 검은 두 줄기의 빛이 헤르메스의 머리를 감쌌다. 그러더니 빠른 속도로 그의 몸을 훑고 내려온 뒤 옆자리로 쏘아졌다.

하얗고 검은 빛줄기가 순식간에 엉키며 헤르메스와 똑같이 생긴 그림자를 만든 순간, 새하얀 빛이 터져 나왔다. 곧이어 헤르메스의 옆에는 그와 똑같이 생긴 또 다른 헤르메스가 생겨나 있었다.

"…맙소사."

헤르메스가 제일 놀라며 자신과 똑같이 생긴 분신을 만져 보았다.

"세상에."

길드원들 또한 놀란 표정을 감추지 못하고 헤르메스의 분신을 향해 다가왔다. 그러자 헤르메스의 분신은 두 걸음 뒤로 물러서며 양 손바닥을 뻗어 그들을 제지했다.

"막 만지지 말아주실래요?"

그와 똑같은 목소리와 억양, 그리고 제스처에 길드원들은 얼음이 되었고 그들의 손에서 자유로워진 분신은 헤르메스를 바라보며 말했다.

"안녕."

분신에게 인사를 받은 헤르메스는 어떠한 대답도 하지 못하고 신혁돈을 바라보았다.

"이게 뭐야?"

"분신."

"아니, 누가 그걸 몰라서 묻나."

"그럼?"

"어떻게 만든 거야?"

신혁돈은 대답 대신 반지가 끼워진 손을 보여주었다.

"그 아이템의 효과라는 거야? 에픽 아이템인가?"

"아니, 세트 아이템이다."

그의 대답을 들은 헤르메스는 자신과 똑같은 생긴 분신을 한 번 바라본 뒤 다시 한 번 놀랐다.

"세상에… 아이템이 가진 스킬이 이렇게 정교할 수 있단 말이야?"

"고르곤의 분노도, 아엘로의 창도 전부 아이템이다."

헤르메스가 놀라는 사이, 신혁돈 또한 다른 의미로 놀라고 있었다.

'에르그 에너지 소모량이 의외로 적다.'

신혁돈의 에르그 에너지 보유량이 엄청난 덕도 있었지만 그래도 강신에 비교한다면 새 발의 피나 마찬가지.

신혁돈은 헤르메스를 바라보며 말했다.

"싸워볼 생각 있나?"

"뭐랑? 네가 만든 분신이랑?"

자기 자신과 싸운다는 것은 자신이 보지 못하는 좋지 않은 습관 혹은 새로운 약점을 찾아낼 수 있는 기회다.

신혁돈이 고개를 끄덕이자 헤르메스 또한 천천히 고개를 끄덕였다.

헤르메스의 분신과 헤르메스가 똑같은 자세로 전투를 시작하려는 순간 이서윤이 소리쳤다.

"지금 남의 집에서 뭐하는 짓이에요!"

두 헤르메스는 똑같은 표정으로 뒤통수를 긁적였고 그 모습을 본 신혁돈이 말했다.

"지하실 좀 빌리지."

"부수기만 해봐요."

이서윤의 신신당부하는 시선을 받은 신혁돈은 두 헤르메스에게 '들었지?' 하는 시선을 던졌고 그 둘이 알겠다고 대답을 하고 나서야 지하실로 이동할 수 있었다.

길드원들 또한 둘의 싸움이 궁금한지 모두 지하실로 내려왔다. 다시 준비가 되자 대련이 시작되었다.

진실의 눈 길드 마스터이기 전에 자신의 이름을 '헤르메스'라 지은 사내답게 헤르메스는 바람을 다루었다.

신혁돈이 가지고 있는 하늘거북의 힘과는 조금 달랐다. 신혁돈이 에르그 에너지를 통해 강제적으로 바람을 움직인다면 헤르메스는 부탁을 하듯 자연스럽고 또 기교 넘치게 바람을 다루었다.

후우웅! 후우웅!

전투가 시작된 순간 두 헤르메스는 약속이라도 한 듯 허공으로 떠올랐고 그와 동시에 서로를 향해 주먹을 내뻗었다.

그들의 주먹에서는 무엇이든 잘라 버릴 수 있을 듯한 날카로운 바람이 난사되었고 서로의 공격에 의해 상충되어 사라졌다.

두 헤르메스는 눈에도 잘 보이지 않을 속도로 격하게 싸우고 있었으나 들리는 소리라고는 바람이 부는 소리뿐이었다.

신혁돈이 만들어낸 분신이 스킬을 사용하기 시작하자 에르그 에너지가 쭉쭉 빠져나가기 시작했다.

'이대로라면 30분 정도는 가능하겠군.'

강신을 사용한 뒤 전력으로 움직일 때 5분 정도밖에 버틸수 없는 것을 생각하면 에르그 에너지 효율이 그렇게 좋은 편은 아니었다.

두 헤르메스의 대련은 거의 30분간 이어졌다 결국 에르그 에너지를 모두 소모한 진짜 헤르메스가 포기를 외치며 분신의 승리로 끝이 났다.

"헉… 헉… 분신한테 질 줄이야."

"넌 일대일 전투보다는 다대일 전투에 강하니까."

"위로 고오맙다."

위로 아닌 위로에 힘없이 웃은 헤르메스는 구석으로 가서 앉았고 김민희가 준비해 두었던 물을 건넸다.

대련이 끝나자 분신을 없앤 신혁돈은 팔짱을 낀 뒤 길드원들의 눈을 바라보며 말했다.

"또 해보고 싶은 사람 있나?"

그의 물음에 곧바로 백종화가 질문했다.

"밀리 계열이라면 치고받고 싸울 수 있다지만, 메이지 계열도 가능한 겁니까?"

"해보면 알겠지."

그의 말에 고개를 끄덕인 백종화가 자리에서 일어서며 신혁돈을 향해 다가왔다.

"해보게?"

"예."

신혁돈이 고개를 끄덕인 뒤 그를 향해 손을 뻗었고 헤르메스 때와 똑같은 현상이 일어났다. 곧 백종화와 그의 분신이 서로를 노려보았다.

그리고 두 백종화는 10분 넘게 아무런 말없이 서 있었다.

지루한 대치를 보고 있던 길드원들은 점점 자기들끼리 이야기를 나누기 시작했다. 그러나 신혁돈은 두 백종화 사이에서 용광로처럼 들끓고 있는 에르그 에너지의 싸움을 보며 흥미로운 표정을 짓고 있었다.

아이가투스의 눈속임 망토로 인해 증가된 감각이 아니었다면 신혁돈조차도 보지 못했을 정도로 은근한 움직임이 두 사람의 몸 주변에서 쉴 새 없이 일어나고 있었다.

마치 바둑을 두듯 조금씩 공간을 점령하고, 빼앗기는 모습에 절로 미소가 지어졌다.

그렇게 5분이 더 지난 순간.

"이겼군."

백종화가 말했다. 곧이어 분신 백종화가 실 끊어진 마리오네트처럼 풀썩 쓰러졌다.

"…뭐야?"

길드원들이 무슨 일이 벌어진 건지 이해를 하지 못하고 있는 사이, 백종화는 얼굴 가득 흐른 땀을 닦으며 벽에 기대어 앉았다.

그다음으로 윤태수가 나섰다. 그렇게 거의 모든 길드원들이 분신과의 대련을 하고 나자 이른 새벽 시간이 되었다.

진이 빠진 길드원들은 휴식을 위해 자신의 방으로 향했고 대련을 하지 않은 홍서현만이 그의 곁에 남았다.

"자러 안 가냐?"

"이제 아저씨 분신 만들 거잖아. 그런 꿀 재미를 놓칠 순 없지."

"물러서 있어라."

홍서현은 알았다는 듯 고개를 끄덕인 뒤 저 멀리 물러섰다. 적당히 휴식을 취해 에르그 에너지 전부를 모은 신혁돈은 곧 자신의 분신을 만들어냈다.

머리칼과 눈, 눈썹과 코 그리고 입술의 주름까지 완벽히 똑같이 생긴 분신이 신혁돈의 눈을 바라보았다.

그러고는 신혁돈의 마음을 읽기라도 한 듯 천천히 움직이며 몸 전체를 볼 수 있게 해주었다. 입고 있는 옷의 닳은 정도까지 똑같은 모습에 홍서현은 묘한 소름이 돋는 것을 느꼈다.

반지 주인의 분신이라 그런 것인지, 신혁돈이 둘이나 있어서 그런 것인지는 알 수 없었지만.

'에르그 에너지 소모량이 엄청나다.'

그간 길드원들의 분신을 소환하며 느낀 것은 대상의 강함에 따라 에르그 에너지 소모량이 달라진다는 것이었다.

'10분… 아니, 12분 정도겠군.'

전투를 하지 않고 유지만 하는 데 12분이었다.

'그럼 전투 시에는?'

신혁돈이 궁금증을 가진 순간.

그의 분신이 강신을 사용했다.

"허?"

덩치가 커지는 강신이 아닌, 수르트와 엘드요툰의 새로운 힘까지 가져온 분신은 순식간에 온몸이 불과 벼락으로 휩싸였다.

그런 와중에도 분신이 딛고 있는 땅과 주변은 녹지 않고 있었다.

"세밀한 컨트롤이 가능하다는 건가."

대상과 똑같은 능력과 스킬을 발휘할 수 있다는 설명이 있긴 했지만 이 정도일 거라고는 생각하지 못했다.

분신은 신혁돈이 강신을 사용할 때까지 기다렸다가 신혁돈이 강신을 사용하는 순간, 그에게 달려들었다.

꽈릉!

분신이 한 걸음을 내딛음과 동시에 신혁돈은 몸속에 있는 모든 에르그 에너지가 빨려 나가 분신의 주먹으로 뭉쳐지는 것을 느꼈다.

'이런.'

자신의 가슴을 노리고 들어오는 주먹을 본 신혁돈의 미간이 찌푸려졌다.

생각이 길어졌다가는 가슴에 구멍이 날 판이니 신혁돈은 곧바로 몸을 틀어 주먹을 피했다. 하지만 에르그 에너지를 가득 담은 주먹은 페이크였다.

신혁돈이 분신의 주먹을 피한 순간, 분신의 무릎이 신혁돈의 옆구리에 꽂혔다.

"컥!"

순간 폐에 있는 모든 공기가 빠져나가는 느낌과 함께 갈비뼈가 부서진 듯한 통증이 느껴졌다.

신혁돈은 곧바로 자세를 바로잡으며 분신의 명치를 향해 주먹을 내질렀다. 하지만 분신이 모든 에르그 에너지를 끌어가 버린 탓에 공격이 적중했음에도 제대로 된 타격을 줄 수 없었다.

그 덕에 호흡을 빼앗는 데 성공한 분신은 곧바로 신혁돈의 얼굴을 향해 주먹을 뻗었다.

빡!

신혁돈의 턱이 볼품없이 돌아가며 쓰러졌다.

신혁돈은 입안에 고인 침을 퉤, 뱉은 뒤 바로 일어나 자세를 잡았다. 그러자 분신은 신혁돈 특유의 재수 없는 표정을 지었고 동시에 손가락을 까딱이며 그를 도발했다.

"이 새끼가⋯⋯."

워낙 창졸지간에 에르그 에너지를 빼앗기고 공격을 당한

덕에 얻어맞았지만 이번에는 달랐다.

신혁돈은 곧바로 에르그 에너지의 통제권을 가져오며 분신과 자신의 에르그 에너지를 50:50으로 맞추었다.

그리고 다시 대련이 시작되었다.

*   *   *

나흘 뒤.

이서윤의 집 지하실에 모든 길드원들이 모여 있었다. 그들의 눈앞에서는 두 마리의 괴물이 싸우고 있었다.

"저게 사람인가……."

"에이, 저 모습을 사람이라 보긴 힘들지."

쾅! 쾅!

"쿠어어어!"

"끼에에!"

어글리 베어와 아르마딜로 리자드의 모습을 반씩 섞어놓은 듯한 괴물은 카모플라쥬를 적극적으로 활용하며 상대의 눈을 현혹시킴과 동시에 공격을 퍼붓고 있었다.

상대 괴물은 세뿔가시벌레의 모습과 하늘거북의 힘을 사용하며 수비를 함과 동시에 천천히 기회를 노리고 있었다.

두 괴물은 간간히 포효까지 지르며 전투를 하고 있었다. 두 괴물의 공격이 교차될 때마다 길드원들은 환호와 야유를 보내며 완벽한 관객의 모습을 보였다.

전투는 점점 더 격렬해졌고 괴물들의 팔과 다리에서 불과 번개가 쏘아지기 시작했다.

그것도 잠시, 세뿔가시벌레의 모습을 한 괴물이 수비를 하다가 머리를 움직여 뿔로 상대의 가슴을 꿰뚫으며 전투에 종지부를 찍었다.

가슴을 뚫린 괴물은 흰색과 검은색 선으로 변하며 흩어져 버렸다. 세뿔가시벌레의 모습을 하고 있던 신혁돈은 원래의 모습으로 돌아오며 거친 숨을 내쉬었다.

"수고하셨어요."

김민희가 종이컵에 물을 따라주었지만 신혁돈은 종이컵이 아닌 그녀가 들고 있는 물통을 빼앗아 통째로 들고 마셨다.

나흘간 그는 잠도 제대로 자지 않고서 분신과 대련을 벌였다. 사이사이 길드원들 또한 신혁돈이 소환해 낸 자기 자신 혹은 다른 이의 분신과 대련을 하며 실전 감각을 가다듬었다.

그리고 오늘.

길드원들을 비롯한 신혁돈, 그리고 헤르메스까지 전부 분신을 이겨내는 데 성공했다.

"후……"

호흡을 진정시킨 신혁돈은 길드원들을 한 번씩 바라본 뒤 말했다.

"그럼 아이가투스 잡으러 가보자."

나흘의 시간 동안 길드원들은 감을 세우고 정비를 마쳤다.

윤태수는 새로 돋아난 손에 다시 아공간 마법진을 새겼으며 새로운 길드복을 지급받았다. 길드원들 또한 헤지고 찢어진 길드복을 수선하거나 새로 지급받았다.

그리고 그동안 이서윤이 연구해 오던 '원거리 무기'가 완성되었다.

원거리 무기는 원핸드 크로스보우로서 사용자의 에르그 에너지를 사용해 화살을 만드는 일종의 마법 무기였다.

무기를 사용하는 손의 반대 손목에 팔찌 형태로 장착되며 에르그 에너지를 주입하면 활대가 퍼지고 크로스보우의 형태로 변하게 되는, 이서윤의 야심작이었다.

사용자의 에르그 에너지 양, 그리고 속성에 따라 위력이 변하는 것이 인상적인 무기였다.

신혁돈의 경우에는 불과 벼락, 그리고 바람 총 세 가지의 속성을 담을 수 있었고 거기에 무지막지한 에르그 에너지까지 더해지자 화살을 넘어선 폭탄 수준의 위력을 낼 수 있었다.

길드원들 또한 각자의 개성을 담아, 속사를 한다거나 화살의 크기를 창처럼 키우는 등의 커스터마이징을 거쳤다.

이서윤은 자신이 만든 원핸드 크로스보우가 꽤나 마음에 들었는지, '이 크로스보우의 이름은 패러독스 크로스보우 버전 1이에요'라며 거창한 이름까지 지어주었지만 이름이 너무 길어 부르기 힘들었다. 급박한 상황에서 활을 꺼내라는 한마디를 하기도 힘들 수 있는데 저 긴 이름을 언제 부르고 있겠는가.

그래서 윤태수는 '석궁'이라는 간단한 이름으로 부르자고 했다가 이서윤에게 핀잔을 들었다.

헤르메스는 '나는 지구에 남아 아이기스를 돕겠다'라는 말과 '함께해서 영광이었다'는 말을 남긴 채 패러독스를 떠나 진실의 눈으로 돌아갔다.

짧은 기간이었지만 생사고락을 함께한 동료가 떠나는 것이 아쉽긴 했지만 그 또한 그만의 사정이 있으니 언제까지 함께할 수는 없는 노릇이었다.

반가운 손님도 있었다.

관리국의 팀장이자 패러독스의 전 멤버 이남정이 찾아왔다. 그는 이서윤의 집 현관을 자신의 집처럼 열고 들어오며 말했다.

"한국에 왔는데 어떻게 연락 한 번 안 합니까!"

"까먹었다."

그는 신혁돈의 대답에 충격을 받은 듯 한동안 멍한 얼굴로 있다가 언제 그랬냐는 듯 평소의 모습처럼 껄껄 웃으며 많은 대화를 나누고 돌아갔다.

'한성 빌딩 사건'이 언제쯤 일어날지는 예상하기 힘들지만 그전에 이남정이 관리국의 머리가 되어 관리를 시작한다면 벌어지지 않을 수도 있었다.

물론 그 반대로 더욱 빨리 일어날 수도 있겠지만.

지금은 관리국보다는 아이가투스를 잡는 데 집중해야 할 시기.

이남정은 관리국 국장이 되기 위해 자신의 자리에서 노력을 하고 있다 어필했고 신혁돈은 '내부 사람을 조심해라'며 경고했다.

그러자 이남정은 '언제든 도움이 필요하면 말해라. 버선발로 달려가겠다' 말했고 신혁돈은 대답 대신 그에게 축객령을 내렸다.

그리고 오늘 아침.

모든 준비를 마친 길드원들이 레드 홀 차원문 앞에 섰다.

고준영이 말했다.

"겁나 오랜만에 차원문 앞에 서는 느낌입니다."

"로스카란토 차원 들어갈 때 이후로 처음이니… 아니지, 백차의 차원 들어갈 때 이후로 처음이니까 거의 한 달 넘게 지난 거 같은데."

백종화의 대답에 길드원들이 경악했다.

"한 달 말입니까? 일 년은 지난 거 같은데."

"그러게. 와, 나 요새 진짜 열심히 살았나 봐. 내 생에 이렇게 긴 한 달은 처음이야."

"저번에 들어갈 땐 봄에 들어가서 여름에 나왔으니… 이번엔 가을에 나오는 거 아닌가 몰라."

윤태수와 김민희가 유난을 떨었고 신혁돈은 조용히 하라는 듯 손을 휘저은 뒤 말했다.

"진입한다."

그의 말에 장난스럽게 떠들고 있던 길드원들이 하나둘씩 표정을 바꾸고서 진형을 갖추어 섰다.

그들이 준비된 순간.

신혁돈이 차원문을 향해 발을 내딛었다.

[아이가투스의 여덟 번째 차원에 진입하셨습니다.]

[아이가투스의 여덟 번째 시련 '다섯 개의 태양'이 시작됩니다.]

평소와 다름없는 무미건조한 메시지 창이 출력된 후 길드원들이 주변을 살피려는 순간, 새로운 메시지가 떠올랐다.

[흙의 태양이 떠올랐습니다. 테스카틀리포카가 다스리는 네 마리의 호랑이가 눈을 떴으며 그들이 다스리는 거인들이 활동을 시작했습니다.]

메시지를 읽은 길드원들은 전부 멍한 표정이 되어 홍서현을 바라보았다. 홍서현은 누구보다 오랜 시간을 들여 메시지를 읽은 후 가지고 온 수첩에 적기까지 한 뒤에야 메시지 창을 껐다.

그러고는 길드원들을 한 번 바라본 뒤 말했다.

"예상한 대로 중미의 신화예요."

"그럼 어떻게 해야 하지?"

신혁돈의 물음에 홍서현이 어깨를 으쓱였다.

"글쎄, 신화의 주인공이 되어본 적이 없어서… 일단 시련의 이름인 '다섯 개의 태양'은 다섯 개의 세계를 의미해. 그중 첫 번째 세계를 다스리는 이가 테스카틀리포카고. 시련의 제목대로 가자면 일단 테스카틀리포카를 찾아 죽여야겠지. 그전에 네 마리의 호랑이가 다스리는 거인도 죽이고, 호랑이들도 죽여야겠지만."

말만 들어도 1년은 걸릴 것 같은 내용에 길드원들이 혀를 내둘렀다.

"…그 뒤로는?"

"케찰코아틀의 바람의 태양, 그리고 비의 신 틀랄록의 비의 태양. 그다음은 물의 여신 찰치우틀리쿠에의 물의 태양이 있어. 신화에 따르면 몇 천 년의 시간이 걸리는 일이고."

"맙소사……."

그녀의 설명을 들은 길드원들은 눈앞이 캄캄해지는 느낌을 받았다.

신혁돈은 저번 삶에서 인류가 여덟 번째 시련을 클리어하지 못한 이유를 깨달을 수 있었다.

'이런 말도 되지 않는 난이도라니…….'

신혁돈은 머리를 휘휘 저어 잡념을 털어냈다. 그사이 체념을 한 것인지 긍정적으로 생각한 것인지 모를 윤태수가 헛웃음을 흘리며 말했다.

"계절이 아니라 년도가 바뀌고 돌아갈 수도 있겠는데."

그의 실없는 농담에도 길드원들은 웃지 못했다. 신혁돈은 분위기를 반전시키기 위해 짝 하고 박수를 친 뒤에 말했다.

"가만히 있어 봤자 나오는 건 없어. 일단 움직이자."

신혁돈은 제일 먼저 도시락을 하늘로 날려 보내 정찰을 명령한 뒤 주변을 살폈다.

"여기에 흙의 태양이 떠올랐다고 했지. 정말 잘 어울리는 단어네."

그들의 주변에는 오로지 흙만 존재할 뿐, 말 그대로 아무것도 없었다.

흙으로 이루어진 둔덕과 산, 대지의 굴곡만 존재할 뿐이었다. 그 외 땅 위에 존재하는 생명체는 그 무엇도 보이지 않았다.

맨눈으로 보이는 것이 없자 신혁돈은 헤이톤의 호의 — 지도를 사용했고 곧 그의 손 위에 샛노란 형태의 구가 떠올랐다.

지름은 3m 정도 되었으며 지구와 비슷한 모양새를 하고 있었다. 문제는 주변의 광경과 다른 것이 단 하나도 없었다.

"뭔가 큰데 말입니다."

"뭐가?"

"이 지도 말입니다. 로스카란토나 지구에 비해 너무 크지 않습니까?"

그의 질문에 백종화가 신혁돈을 바라보았고 신혁돈은 임의로 지도의 크기를 조정해 보았다. 하지만 지도의 크기는 변하지 않았다. 그 모습을 본 윤태수가 말했다.

"만약 지도의 크기가 실제 크기가 반영된 사이즈라면… 지구의 몇 배 정도 크다는 이야기가 되는데 말입니다."

차원이 크다는 것은 그만큼 사냥할 괴물이 많아지고 오랜 시간이 걸린다는 것을 의미한다. 윤태수는 괴물들을 찾기 위해 두 눈을 부릅뜨고 지도를 살폈고 곧 허탈하다는 듯 말했다.

"…움직이는 생명체가 단 하나도 없는데 말입니다. 아까 메시지 보니까 뭐가 눈을 뜨고 거인이 활동을 시작했다면서."

"우리가 아는 활동이랑 뜻이 다른가 보지."

지도로 아무런 정보를 얻을 수 없자 신혁돈은 흙을 만져보고 땅바닥에 손을 대보는 등 다른 시각에서 관찰을 시작했다. 그의 행동을 본 길드원들 또한 그를 따라 흙바닥을 뒤집어보았다.

그렇게 한참 동안 땅을 쑤시던 신혁돈이 허리를 펴며 말했다.

"뭔가 있긴 하군."

"예?"

"땅속에서 에르그 에너지 반응이 느껴진다."

아무것도 느끼지 못한 윤태수는 땅을 핥기라도 할 듯 가까이 얼굴을 댔으나 여전히 느껴지는 것은 없었다.

"얼마나 깊습니까?"

"너무 멀어. 조금 더 가까이 가보자."

신혁돈은 정찰을 나간 도시락을 불러 자신의 머리 위를 돌며 정찰을 하라 명령한 뒤 길드원들과 함께 이동을 시작했다.

거의 뛰는 속도에 가까운 속보로 5㎞ 가까이를 이동했음에도 흙밖에 보이지 않았다. 게다가 계속 똑같은 광경을 보는 듯한 느낌에 지루함이 스멀스멀 기어 올라오고 있었다.

지루함은 긴장감을 갉아먹을 것이다. 그럴 때 기습이라도 당하는 순간, 큰 상처를 입을 가능성이 높아진다.

"여기서 쉬어간다."

신혁돈의 말에 길드원들은 나름의 방어진을 구축하며 자리에 주저앉았다. 허리춤에 차고 있던 물을 한 모금 마신 이서윤이 말을 열었다.

"이대로라면 가져온 물과 음식이 제일 먼저 떨어지겠는데요."

"이럴 줄 알았으면 아공간 가득 채워 올 걸 그랬습니다. 그러면 여기 있는 사람들이 반년은 먹을 수 있을 텐데."

그의 말에 윤태수가 아쉽다는 듯 입맛을 다시며 말했다. 그러자 김민희가 물었다.

"지금 있는 걸로는 얼마나 먹을 수 있는데요?"

"평소처럼 먹으면 석 달? 아껴 먹으면 넉 달까지도 되겠지."

그들의 대화를 듣고 있던 신혁돈이 걱정의 싹을 잘라내듯 단호히 말했다.

"그전에 끝내고 돌아간다."

"그럼 좋겠네요……."

일주일.

길드원들이 아무것도 하지 않고 죽어라 걷기만 한 시간이었다.

처음에는 긴장과 지루함의 줄다리기가 계속되었다면 사흘이 지났을 때는 대화를 시작했고 일주일째 되는 오늘이 되어서는 아무런 대화도 눈빛의 교환도 없이 앞만 보고 걷고 있었다.

신혁돈은 일주일간 한 방향으로 걸으며 계속해서 주변을 탐지했지만 아직도 희미한 기운만 느껴질 뿐이었다. 어렴풋이 방향만 감지할 수 있을 뿐, 제대로 된 기운은 느낄 수 없었다.

"거인은, 호랑이는, 이름 긴 그 신이라는 놈은 도대체 어디에 있는 거야!"

윤태수가 답답하다는 듯 소리쳤지만 사방이 탁 트여 있어 메아리조차 치지 않았다. 한 번 혼잣말을 시작한 윤태수는 재미가 들렸는지 혼잣말을 툭툭 뱉어댔다.

하루 종일 혼잣말을 하며 걷던 윤태수는 어느새 져가는 해를 보며 말했다.

"그나마 해가 뜨고 지는 게 어디야. 그것도 없었으면 정신이 나갔을지도 몰라."

그 순간.

"정지."

신혁돈이 주먹 쥔 손을 들며 말했다. 그제야 길드원들의 얼굴에 화색이 돌았다.

"뭐가 있습니까?"

"전방 500m. 뭔가 움직인다."

신혁돈은 곧바로 도시락을 전방으로 보냈고, 그사이 길드원들은 진형을 갖추며 도시락이 날아가는 것을 바라보았다.

도시락이 신혁돈이 말한 500m 상공에 도착했고 도시락은 깍깍거리는 울음을 토한 뒤 땅에 착륙했다.

꾸우웅!

땅이 흔들렸다.

마치 수 킬로미터 밖에서 지진이 일어난 듯한 둔중한 느낌.

"뭐지?"

도시락 또한 진동을 느꼈는지 곧바로 날개를 펼치며 하늘로 날아올랐다.

쿠우웅!

도시락이 땅에서 5m가량 날아오르자 아까보다 큰 진동이 울렸고 길드원들의 시선은 자신들의 발밑으로 쏠렸다.

"밑에서 오는 거 같습니다."

"진형 유지. 아직 위치 파악이 안 된다. 신호하면 사방으로 산개."

"예."

지루해 죽을 것 같다는 얼굴을 하고 있던 길드원들의 얼굴에 긴장이 가득 서렸고 눈이 빛나기 시작했다.

콰앙!

바위와 바위가 부딪히는 꽹음과 함께 균형을 잡기 힘들 정도로 땅이 흔들렸다. 길드원들은 몸을 낮추며 균형을 잡았고 겁을 먹은 도시락은 20m 상공까지 날아올랐다.

그 순간.

푸화아아악!

도시락 발밑의 모래가 폭발하듯 뿜어져 올랐고 그와 동시에 무언가가 도시락의 발목을 낚아챘다.

*　　　　　*　　　　　*

마치 지점토로 빚어놓은 듯한 거인의 피부에는 밝게 빛나는 기괴한 문신이 새겨져 있었다.

3m가량의 키에 팔과 다리만 대충 붙여놓은 듯한 모양새의 거인은 도시락의 발목을 낚아챔과 동시에 바닥으로 패대기치려 했다.

하지만 도시락의 힘은 거인에 비해서 밀리지 않았고, 외려 다른 쪽 발을 이용해 거인의 머리를 잡아챈 뒤 머리를 숙여 거인의 허리를 동강 내버렸다.

촤아악!

몸속까지 흙으로 만들어져 있지는 않은지 거인은 허리가 동강 남과 동시에 붉은 피로 대지를 적셨다.

"까아악!"

도시락이 승리를 자축하듯 포효한 순간, 거인이 뚫고 나온 땅의 구멍에서 두 마리의 거인이 기어 나왔다.

"아래다!"

신혁돈이 소리쳤다.

드드드드!

길드원들이 딛고 있던 땅이 진동함과 동시에 발아래의 땅이 푹 꺼지며 거인들의 손이 튀어나와 길드원들을 노렸다.

그러나 신혁돈의 경고 덕에 길드원들은 여유롭게 거인의 공격을 피해낼 수 있었고 허공을 부여쥔 거인들의 손목을 잘라냈다.

푸확!

총 네 마리의 거인이 동시에 튀어나왔으나 모두 손목이 잘리거나 머리가 잘린 채 소리 없는 포효를 내질러야 했다.

그제야 거인의 얼굴이 길드원들의 눈에 들어왔다.

"저게 입인가."

거인은 아무것도 없는 매끈한 얼굴에 무저갱같이 어두운 구멍 하나만 나 있었으며 구멍은 얼굴의 반 이상을 차지할 정도로 거대했다.

전투가 시작되었다.

거인들은 잘린 부분에서 피를 흘리면서도 기세가 꺾이기는커녕 더욱 분노하며 길드원들에게 달려들었다.

'약하다.'

강신 대신 수르트의 불꽃 위해머 폼을 발동시킨 신혁돈은 자신을 노리는 거인의 옆구리를 후려쳤다.

3m에 이르는 거대한 키는 위압감을 주기 충분했지만 그만큼 빈틈 또한 많았기에 신혁돈의 위해머가 직격타를 때릴 수 있었다.

퍼엉!

거인의 옆구리가 터져 나간 순간, 거인은 마지막 힘을 다해 신혁돈의 위로 넘어지며 양손을 휘둘렀다.

신혁돈은 뒤로 두 걸음을 움직여 거인의 공격을 피한 뒤 고개를 돌려 전황을 바라보았다.

방금 나타난 여섯의 괴물 중 두 마리는 순식간에 정리가 되었고 나머지 네 마리가 길드원들에게 둘러싸여 난자를 당하고 있었다.

거인들은 몸에 새겨진 기괴한 문신을 빛내며 끝까지 반항해 보았지만 이렇다 할 무기도, 방어구도 없는 상태로 길드원들의 매서운 공격을 받아내진 못했고 곧 거대한 입을 벌린 채 죽음을 맞이했다.

길드원들이 거인들을 정리하는 사이, 신혁돈은 괴물들이 튀어나온 구멍을 살폈다.

구멍은 단순한 구멍이 아닌, 어디론가 연결이 되어 있는 통로였다.

통로를 잠깐 살핀 신혁돈은 곧바로 거인의 시체에 손을 얹은 채 영혼 포식을 사용해 그들의 기억을 읽어냈다.

그사이 모든 거인을 정리한 길드원들 또한 통로를 발견하고선 그 위에 섰다. 에르그 에너지를 이용해 통로를 살피던 백종화가 미간을 찌푸리며 말했다.

"에르그 에너지로 탐색이 안 되네."

"어떻게 말입니까?"

"안개가 낀 느낌이야. 무언가가 방해를 한다기보다는… 아예 가려진 느낌."

전부 이해하진 못했지만 얼추 이해한 윤태수가 고개를 끄덕이는 사이 거인의 기억을 모두 읽은 신혁돈이 눈을 떴다.

"후……"

그가 호흡을 갈무리하는 동안 길드원들이 그의 주변으로 모여들었다.

"땅 밑에 거인들의 세계가 있다."

"지저 세계 말입니까?"

"비슷하다. 이놈들은 조종하는 누군가가 있어. 입으로 대화하는 언어가 아니라 돌고래가 내는 초음파 비슷한 것으로 대화하는군."

"그 신 말입니까?"

"아니, 거인의 상위 개체다."

신혁돈은 조금 더 자세한 정보를 얻기 위해 모든 거인의 시체를 포식해 보았지만 지능이 워낙 낮은 데다가 하위 개체였기에 제대로 된 정보를 얻을 수 없었다.

대신 스킬 하나를 얻을 수 있었다.

[엘 코로소]

—엘 코로소의 육체 (Rank F, Rare, Active)

—엘 코로소의 정신 (Rank F, Rare, Passive)

분배 가능 포인트 : 6

오랜만에 얻는 일반 스킬이었지만 흙의 거인이 보여준 능력이 별로였기에 그다지 기대감이 생기진 않았다.

스킬이 생기며 얻은 이득이라고 하자면 거인의 이름을 알아냈다는 정도.

"거인의 이름은 엘 코로소다."

신혁돈의 말을 길드원들은 '그렇구나' 하는 얼굴을 했지만 홍서현은 달랐다.

"엘 코로소?"

"아는 이름인가?"

신혁돈의 말에 홍서현은 눈썹을 찌푸리며 답했다.

"콜로서스. 우리말로 하자면 거상… 그러니까 거대한 동상을 뜻하는 말인데."

"그래서?"

"왜 흙의 거인한테 거상이라는 이름을 붙여준 거지?"

홍서현의 시선이 거인들의 시체로 향했다. 겉모습은 거상이라 해도 다를 것 없었으나 도시락이 뜯어먹고 있는 것을 보아 살아 있는 생물이 분명했다.

홍서현의 시선을 따라 엘 코로스의 시신을 바라보던 신혁돈이 다시 그녀에게 시선을 돌리며 물었다.

"그게 중요한가?"

"그냥 좀 걸리네."

"뭔가 생각나면 말해라."

"그럴게."

두 사람의 대화를 유심히 듣고 있던 윤태수는 별 소득 없이 대화가 끝나자 신혁돈에게 다가섰다. 그러고는 발로 바닥을 툭툭 두들기며 말을 꺼냈다.

"이 밑이 지저 세계… 그러니까 거인들의 본거지라 하면 저희는 안으로 들어가야겠지 말입니다."

"그렇지."

오랜만에 고기를 만난 도시락은 마음껏 포식했다. 도시락의 식사가 끝날 때까지 회의를 한 길드원들은 어두운 통로 위에 섰다.

"무슨 스킬 같은 걸로 뚫은 건가?"

"흠… 그럼 구멍을 뚫는 놈이 따로 있다는 소리가 되는데."

신혁돈이 흡수한 엘 코로스들은 보유한 스킬이 없었다. 즉, 구멍을 뚫는 괴물이 존재한다는 뜻이 된다.

"뭐 가다 보면 알지 않겠습니까?"

"그건 그렇지. 출발한다."

지름 4m 정도의 원형 통로는 3m가 넘는 거인들이 원활하게 다닐 수 있을 정도로 거대했기에 길드원들이 진을 만든 채

걸을 수 있을 정도였다.

"경사가 가파르니 조심합시다."

백종화가 빛 덩어리 수십 개를 불러내 전방 100m가량을
밝혔고 빛에 의지한 길드원들이 이동을 시작했다.

제3장
다섯 개의 태양II

18시간.

첫 전투 후 통로를 통해 걷기 시작한 뒤 지난 시간이었다.

"차라리 해가 보일 때가 나았어."

뭐가 문제인지 에르그 에너지를 통한 탐사가 제대로 되지 않았기에 이대로 천장이 무너져 버린다면 길드원 전체가 토사에 파묻혀 비명횡사를 하게 되는 상황.

길드원들은 날카로운 감각을 유지하며 걷고 있었지만 그것도 18시간이 지나자 무딜 대로 무뎌진 상태였다.

"지저 세계를 발견할 때까지 휴식은 없다."

아무리 각성자들이라 해도 45도는 될 법한 급경사를 18시간 동안 걸은 이상 피곤이 쌓일 수밖에 없었다.

그렇다고 쉴 수는 없는 노릇이었기에 길드원들은 군말 없이 걸었다.

'이렇게 멀었나.'

신혁돈이 흡수한 기억에 엘 코로스들은 눈을 뜬 뒤 5분이 지나지 않아 지상에 도착했다. 한데 패러독스는 거의 스무 시간 가까이 걸었음에도 지저 세계에 도착하지 못하고 있었다.

한 갈래 길인지라 길을 잃을 가능성도 없는 상황.

신혁돈은 답답한 마음에 걸음의 속도를 높였고 길드원들 또한 그에 맞추어 빠르게 걸었다.

그리고 30분 정도를 더 걸었을 때.

"끝이다."

길의 끝에는 지름 10m 정도의 반구형 돔이 있었고 거기에는 수많은 흙덩어리가 널려 있었으며 흙덩어리들 사이로 밝게 빛나는 문양이 새겨진 문이 그들을 반기고 있었다.

거의 하루 만에 길드원의 얼굴에 미소가 걸렸고 길드원들이 문으로 달려가려는 순간.

"정지."

신혁돈이 주먹을 들며 그들을 멈춰 세웠다.

그리고.

구르르릉!

돔 전체가 지진이라도 난 듯 흔들렸다. 그 진동에 맞추어 흙덩어리들의 표면에서 흙이 우수수 떨어져 내렸다.

길드원들은 불안한 눈길로 흙덩어리들을 살폈다. 그와 동시에 갈라진 흙덩어리의 표면에서 빛이 뿜어져 나왔다.

하얗지도, 그렇다고 누렇지도 않은 애매한 색의 빛은 땅 위에서 보았던 엘 코로스의 피부에서 빛나던 문신의 색과 같았다. 길드원들은 곧바로 무기를 뽑아 들었다.

"열하나… 열둘… 열셋."

윤태수가 흙무더기의 수를 전부 센 순간 그의 말이 맞다는 것을 증명하듯 흙무더기들 사이에서 엘 코로스들이 일어섰다.

"좀 다른데."

밖에서 만난 엘 코로스들이 지점토로 대충 빚어놓은 모양새였다면 이번 엘 코로스들은 그나마 조각칼이라도 닿은 모양새였다.

덩치는 4m에 가까울 정도로 거대했으며 목과 가슴, 그리고 허리에는 갑옷이 조각되어 있었다. 조각 아래로 보이는 맨몸에는 요동치는 근육이 조각되어 있었다.

무기를 들지 않은 점은 같았지만 이놈들에게는 노랗게 빛나는 눈이 있었다. 그리고 엘 코로스들이 완벽히 일어선 순간 그들이 한 목소리로 소리쳤다.

"인트루더!"

"세상에 말도 하네?"

"침입자… 라는 뜻입니다."

바벨탑의 반지 덕에 모든 언어를 이해할 수 있는 윤태수가 낮게 말했고 백종화는 코웃음을 쳤다.

"어째 우리가 악당 같네."

그 순간.

열세 마리의 엘 코로스가 패러독스를 향해 달려들었다.

제일 앞에 서 있던 신혁돈이 수르트의 위해머를 뽑아 들었다. 그의 바로 앞까지 달려든 엘 코로스는 오른손을 크게 휘둘렀고 그와 동시에 엘 코로스의 손은 마치 칼날과 같은 모양새로 변하며 신혁돈의 목을 노렸다.

날개를 펼치듯 신혁돈의 양옆으로 진형을 갖추던 길드원들의 눈이 화등잔만 해진 순간, 신혁돈은 당황하기는커녕 엘 코로스의 품으로 달려들었다.

공격할 수 있는 거리를 없앤 신혁돈은 엘 코로스의 입에 푸른 불꽃으로 휩싸인 위해머를 쑤셔 넣은 뒤 쇼크 웨이브를 발동시켰다.

콰앙!

공격을 당한 엘 코로스의 몸은 폭죽이 터지듯 터져 버렸고, 이로 인해 발생한 충격파에 그의 뒤로 달려오던 엘 코로스들의 몸이 휘청거렸다.

그 기회를 놓칠 패러독스가 아니었다.

일(一)자 대형으로 선 길드원들은 약속이라도 한 듯 석궁에 에르그 에너지를 불어넣었다.

타다다다닥!

펑! 펑!

각자의 개성이 담긴 쿼렐이 엘 코로스들의 몸에 틀어박혔고 폭발했다.

순식간에 네 마리의 엘 코로스의 머리가 터지고 몸이 박살 나며 쓰러졌다. 하지만 머리가 아예 없는 것은 아니었는지, 나머지 엘 코로스들은 한곳에 모여 흙으로 만들어진 방패를 만들어내 공격을 막아냈다.

"멍청한 놈들."

유일하게 석궁을 뽑지 않은 백종화는 마치 엘 코로스들이 뭉칠 것을 예상이라도 한 듯 에르그 에너지를 모아둔 상태였다. 그는 그들이 모임과 동시에 언령을 발동시켰다.

"꿰뚫어라."

그의 말에 에르그 에너지가 담긴 순간.

퍼억!

그들의 머리 위에서 흙으로 만들어진 창이 비처럼 쏟아졌다.

"끄아아아!"

순식간에 머리를 꿰뚫린 엘 코로스들이 흙 창의 비를 피하기 위해 사방으로 흩어졌다. 그러나 그들은 석궁의 먹이가 될 수밖에 없었다.

5분도 되지 않아 13마리의 엘 코로스는 시체가 되어 바닥에 쓰러졌다. 아무것도 하지 않은 도시락이 눈치를 보고 있다가 앞으로 나와 시체를 뜯어먹기 시작했다.

신혁돈은 열세 마리의 기억을 전부 흡수했지만 이들 또한 '이곳을 지켜라'라는 명령 외의 기억이라고는 단 하나도 없었다.

즉, 누군가가 만들어낸 존재라는 뜻.

신혁돈이 고민에 잠긴 사이 길드원들은 매복 혹은 함정이 없는지 돔 전체를 살폈고 위험이 없는 것으로 판단되자 문 앞에 섰다.

"참 대단한 놈이야, 저것도."

"생존 본능이지."

"까악."

그들의 말에 반항하듯 도시락은 짧은 울음을 토한 뒤 다시 고기에 고개를 처박았다.

도시락의 귀여운 행동에 헛웃음을 흘린 길드원들은 문을 살핀 뒤 그들에게 다가오는 신혁돈에게 말했다.

"밀면 열릴 것 같은데, 아직 건드려 보지는 않았습니다. 형님은 소득 있으십니까?"

"엘 코로스를 만든 누군가가 있다. 신인지 누군지는 모르겠지만."

지금 당장 신혁돈이 얻어낸 정보로 알아낼 수 있는 것은 없었다. 길드원들은 고개를 끄덕이는 것으로 답변을 대신했고 신혁돈은 문에 손을 대보았다.

양문형으로 생긴 문은 거인이 다닐 수 있을 정도로 거대했으며 엘 코로스의 몸에 있는 것과 같은 기괴한 문양이 새겨져 있었다.

"이서윤."

"예?"

"이거 패턴인가?"

별다른 생각 없이 서 있던 이서윤은 그제야 아, 하는 소리를 내고선 침이라도 바를 듯 가까이 붙어 문을 살피기 시작했다. 그러고는 얼마 지나지 않아 말했다.

"비슷하긴 한데… 처음 보는 방식이에요. 일단 에르그 에너지를 통해 작동하는 건 맞으니 패턴… 그러니까 마법진이라고 할 순 있겠네요."

"작동시키면 문이 열리는 건가?"

"그렇겠죠?"

"작동법은?"

"워낙 구식 마법진이라 그냥 에르그 에너지를 문양에 맞춰서 흘리는 것만으로 발동될 거 같아요."

그녀의 말에 고개를 끄덕인 신혁돈이 말했다.

"그럼 5시간 휴식 후 문을 열지."

오랜만에 꿀 같은 휴식을 얻은 길드원들은 곧바로 여기저기 늘어지기 시작했다. 그들의 모습을 본 신혁돈은 아직도 고기를 뜯어먹고 있는 도시락에게 다가가 말했다.

"다 먹으면 원래 모습으로 돌아가서 입구를 막아라."

도시락은 알았다는 듯 '깍!' 하고 짧게 대답했고 신혁돈은 입구의 옆에 기대 눈을 감았다.

5시간 후.

"열어봐."

"예."

식사와 단잠으로 기운을 차린 길드원들이 문 앞에 섰고 이서윤이 문에 손을 얹었다. 그리고 에르그 에너지를 움직였다.

그러자 문의 새겨진 기괴한 문양이 점점 더 밝게 빛을 내며 종국에는 돔 전체를 빛낼 정도로 큰 빛을 뿜었다.

그리고 이서윤이 손을 뗀 순간.

구르르르르룽!

꽝음과 함께 문이 열렸다.

*   *   *

문이 열림과 동시에 그 사이로 옅은 빛이 보였다. 제일 앞에 서 있던 이서윤은 빛의 정체를 확인하기 위해 고개를 밀어넣었다.

"크르릉……."

"어?"

"크왕!"

콰앙!

쿠당탕!

문 사이로 고개를 밀어 넣었던 이서윤은 빛을 발하는 것의 정체가 거대한 호랑이의 눈이라는 것을 깨달았고, 곧바로 뒤로 물러섰다.

그와 동시에 거대한 호랑이가 그녀의 머리를 깨부수기 위해 앞발을 휘둘렀지만 간발의 차이로 문을 때렸다.

얼마나 힘차게 물러섰으면 뒤로 두 바퀴를 구르기까지 한 이서윤은 제대로 일어서지도 못한 채 반쯤 열린 문을 가리키며 소리쳤다.

"호랑이!"

그녀의 외침에 귀를 기울이는 길드원은 없었다. 대신 그들의 눈앞에 나타난 거대한 호랑이를 보며 무기를 뽑아 들어 천천히 뒤로 물러섰다.

이서윤의 머리를 부수는 데 실패한 호랑이는 아쉽다는 듯 입맛을 쩝쩝 다셨고 그사이 호랑이와 패러독스를 가로막고 있던 문이 완벽히 열렸다.

"거 더럽게 크네."

문 뒤에 있던 호랑이는 흙빛의 털을 가지고 있었으며 땅에서 머리까지의 높이가 3m 정도에 몸길이는 5m가 넘었다. 원래라면 검어야 할 줄무늬는 엘 코로스의 문신처럼 기이한 노란빛을 발하고 있었으며 어지간한 여성의 주먹만 한 눈 또한 같은 색으로 빛나고 있었다.

"그르릉……."

"거인을 다스리는 네 마리의 호랑이 중 하난가?"

호랑이가 내뿜는 에르그 에너지의 파장이 심상치 않은 것을 파악한 신혁돈이 홍서현에게 물었다.

"그런 거 같은데."

호랑이는 섣불리 공격하지 않고 문을 가로막은 채 길드원들을 노려보았다.

'움직이지 않는다.'

보통의 괴물이었다면 얼굴을 마주치는 순간 길드원들을 죽이기 위해 달려들었을 것이다. 하지만 저 호랑이는 달려들지 않았고, 그렇다는 것은…….

신혁돈의 시선이 호랑이의 뒤편으로 향했다. 백종화 또한 그와 같은 생각을 하는지 언령으로 빛 덩어리를 만든 뒤 호랑이의 뒤편을 향해 던졌다.

"크왕!"

호랑이는 자신의 뒤로 무언가가 넘어가는 것을 용납하지 않겠다는 듯 훌쩍 뛰며 빛 덩어리를 후려쳤지만 형체가 없는 에르그 에너지 덩어리를 앞발로 파괴할 순 없었다.

빛 덩어리는 유유히 호랑이를 지나 뒤로 들어갔고 곧 모든 풍경을 밝혀주었다.

"목표지군."

통로를 가득 채우고 있는 호랑이 덕에 잘 보이진 않았지만 저 정도를 보는 것만으로도 충분히 파악할 수 있었다.

"지저 세계 말입니까?"

"비슷해 보인다."

백종화와 신혁돈의 대화가 끝난 순간.

"크와아앙!"

호랑이는 자신을 무시하지 말라는 듯 크게 포효하며 허공을 물어뜯었다. 그 모습을 보고 있던 신혁돈의 시선이 도시락에게로 향했고 도시락은 무얼 보냐는 듯 짧게 울었다.

신혁돈이 도시락을 바라보는 사이 윤태수가 그의 곁으로 다가오며 말했다.

"일단 저놈이 덤비진 않을 것 같은데… 괜히 놈들이 몰리면 귀찮아지니까 빨리 처리해 버리지 말입니다."

"테이밍 한번 해볼까."

"…예?"

"하늘은 저거, 땅은 저거. 이런 식으로 두 마리만 있어도 훨씬 편해질 거 같지 않아?"

"그거야 그렇겠지만 테이밍이 그렇게 쉽게 됩니까?"

"안 되면 죽이면 되지."

펫숍에서 강아지를 사오겠다는 듯 쉽게 말하는 신혁돈을 본 길드원들이 헛웃음을 지었다.

"뒤로 물러서 있어."

말을 마친 신혁돈은 곧바로 수르트의 불꽃을 불러낸 뒤 양 손에 둘렀다. 그의 행동을 본 길드원들은 그의 말을 따라 뒤로 물러섰다. 그와 동시에 신혁돈이 호랑이에게 걸어갔다.

"크왕!"

호랑이는 신혁돈이 공격 범위에 들어오자 짧게 포효하며 거대한 앞발을 휘둘러 신혁돈의 머리통을 노렸다.

콰앙!

신혁돈은 피하는 대신 수르트의 불꽃에 휩싸인 왼손을 들어 호랑이의 공격을 받아냈다.

"허……."

어지간한 성인 남성의 몸통만 한 앞발을 한 손으로 막아내는 신혁돈을 본 윤태수가 어이가 없다는 듯 한숨을 쉰 순간, 신혁돈의 오른손이 호랑이의 턱을 후려쳤다.

뻑!

화르륵!

일격을 당한 호랑이는 충격이 적지 않은지 머리를 털며 뒤로 훌쩍 뛰었지만 신혁돈은 거리를 줄 생각이 없었다.

타다닥!

쿵! 쿵! 쿵!

호랑이가 도약한 거리만큼 달려 나간 신혁돈이 다시 한 번 호랑이의 턱을 노리고 주먹을 휘둘렀다.

호랑이 또한 피하지 않겠다는 입을 쩍 벌리며 신혁돈의 주먹을 물어뜯었다.

까드드득!

뼈가 아스러지는 섬뜩한 소리와 함께 신혁돈의 주먹이 호랑이의 입속에 처박혔다.

"꺄악!"

"형님!"

당황한 길드원들이 신혁돈에게 달려가려는 순간.

빠지지직!

화르륵!

호랑이의 입속에서 불길과 번개가 한 번에 터져 나왔고, 그와 동시에 신혁돈이 호랑이의 아가리에서 주먹을 뽑았다.

"어?"

뼈가 아스러지는 소리와는 다르게 팔뚝에는 피 한 방울 묻어 있지 않았다. 대신, 그가 손을 빼자 호랑이의 아가리에서 부러진 이빨들이 후두둑 떨어졌다.

"크허어엉!"

"뭐야."

신혁돈은 거기서 멈추지 않고 주먹을 휘둘러 호랑이를 두들겨 패기 시작했다.

앞니가 모두 부러지고 입안이 홀랑 타버린 호랑이는 고통에 정신을 팔 새도 없이 자신의 온몸을 노리고 떨어져 내리는 불길의 주먹에 난타당했다.

"크허엉!"

처음의 패기는 어디로 갔는지 어느새 호랑이는 꼬리를 배 밑으로 숨긴 채 몸을 웅크리고 있었다.

그런 와중에서도 포효 하나만큼은 처음의 그것과 같이 우렁찼다.

"크허어어엉!"

그럼에도 신혁돈의 주먹은 멈추지 않았다. 그 모습을 보고 있던 윤태수가 팔짱을 끼며 말했다.

"…너무 약한데? 저게 거인을 다스리는 호랑이 맞아?"

그 순간.

쿵쿵쿵쿵!

그들이 딛고 있던 땅이 지진이라도 난 듯 흔들림과 동시에 천장에서 모래 먼지가 떨어져 내렸다.

"입이 방정이지."

천장과 주변을 훑어본 이서윤은 윤태수를 노려보며 말했고 윤태수는 머쓱한 표정을 지으며 무기를 뽑아 들었다.

푸화아악!

길드원들이 있던 돔의 바닥과 천장, 벽이 터져 나갔다. 그리고 드러난 통로에선 5시간 전 죽였던 갑옷을 입고 있는 엘 코로스와 똑같이 생긴 놈들이 나타났다.

"크아앙!"

지원군이 나타나자 힘이 나는지 호랑이가 벌떡 몸을 일으키며 포효했지만 1초도 되지 않아 신혁돈에게 턱을 얻어맞고 선 다시 몸을 웅크렸다.

돔에 생긴 구멍은 총 4개.

길드원들은 미리 말을 맞추기라도 한 듯 인원을 나눔과 동시에 석궁을 뽑아 들었다. 그리고 구멍을 나온 엘 코로스들이 길드원들에게 달려든 순간, 각양각색의 쿼렐이 엘 코로스들의 몸을 꿰뚫었다.

퓨퓨퓨풋!

"오치데레!"

엘 코로스들은 몸이 꿰뚫리는 와중에도 지진과 같은 포효를 내지르며 길드원들에게 달려들었다.

겨우 거리를 줄인 엘 코로스들이 길드원들에게 손을 뻗자 밀리 계열의 각성자들이 검을 뽑아 들며 그들의 손을 잘라내 버렸다.

그와 동시에 메이지 계열 각성자들의 마법이 엘 코로스의 몸을 태우고 얼렸으며 꿰뚫었다.

그사이 신혁돈은 호랑이를 두들겨 패던 것을 멈춘 뒤 호랑이의 귀를 잡아당겨 그 광경을 보게 만들었다.

"그르르릉……."

호랑이가 낮은 울음을 뱉은 순간.

[대상이 상태 이상 '공포'에 걸렸습니다.]
[테이밍이 가능한 상태입니다.]

메시지가 떠올랐다.

신혁돈은 지체하지 않고 테이밍을 사용했고 곧 그의 미간이 찌푸려졌다.

[정신 지배를 당하고 있는 대상입니다.]
[대상을 테이밍하기 위해서는 정신 지배를 해제해야 합니다.]

이것까진 생각하지 못했다.

'별수 없나.'

아쉬운 듯 짧게 혀를 찬 신혁돈은 호랑이를 죽이기 위해 손을 높이 들었다. 호랑이는 마지막 발악을 하는 듯 이를 드러내며 신혁돈을 노려보았다.

그러던 찰나 누군가가 직접 말하기라도 한 듯 신혁돈의 머릿속에 두 글자가 떠올랐다.

'동화.'

동화를 사용해 호랑이의 머릿속으로 들어가 직접 정신 지배를 해제해 버린 뒤 테이밍을 사용한다면 호랑이를 테이밍시킬 수 있다.

완벽한 방법이 떠올랐으나 신혁돈은 곧바로 행동으로 옮기지 않은 채 미간을 찌푸렸다.

'이것 또한 영혼 포식의 효과인가……'

수많은 괴물들의 기억과 능력을 흡수한 결과 그들의 지성 또한 신혁돈의 머릿속 어딘가에 남아 표류하고 있는 듯했다.

지금과 같이 긍정적인 효과만 나타난다면 좋겠지만 이 반대로 중요한 순간에 신혁돈의 머릿속을 헤집어놓는 사고가 벌어질지도 모른다.

신혁돈은 머리를 휘휘 저어 잡념을 털어버렸다.

지금 당장은 호랑이를 테이밍시키는 것이 우선이다. 아직 벌어지지도 않은 일이거니와 앞으로 어떻게 될지도 모르는 일 가지고 고민을 하고 있는 것은 신혁돈의 성미에 맞지 않는다.

결정을 내린 신혁돈의 시선이 엘 코로스와 전투를 벌이고 있는 길드원들에게로 향했다. 그들은 수적 열세에도 불구하고 엘 코로스를 압도하고 있었다.

걱정을 덜어낸 신혁돈은 곧바로 호랑이에게 걸어가 놈의 머리 위에 손을 얹었다. 호랑이는 앞발을 휘두르고 포효를 하며 신혁돈을 떨쳐내려 했지만 신혁돈이 동화를 사용하는 것이 훨씬 빨랐다.

호랑이의 몸을 차지한 신혁돈이 눈을 뜬 순간.

'큭⋯⋯.'

온몸의 뼈가 부서지고 혈관이 터진 듯 어마어마한 고통이 찾아들었다. 특히 부러진 이에서 오는 통증은 눈꺼풀이 파르르 떨릴 정도로 심했다.

'이 정도면 써먹지도 못하겠는데.'

뜬금없이 역지사지의 자세가 된 신혁돈은 뇌를 태워 버릴 것 같은 고통을 꾹 참아내며 호랑이의 기억을 읽어나가기 시작했다.

'이놈도 똑같군.'

누군가의 의해 만들어졌고 그 이후로 쭉 내벽으로 향하는 길을 막고 있었다. 이놈은 엘 코로스를 다스리는 것이 아니라 부를 수 있었으며 이놈 바로 위의 호랑이부터 엘 코로스를 다룰 수 있었다.

총 3마리의 호랑이가 더 있었으며 그들은 이놈처럼 문에 배치되어 있었다.

호랑이가 지키고 있던 외벽의 문을 지나면 내벽과 외성 그리고 내성이 있었다. 외벽을 지남과 동시에 지저 세계가 펼쳐지며 그 안에서는 밖에서 보던 엘 코로스와는 차원이 다른 엘 코로스들이 등장한다.

'안으로 들어갈수록 강해진다라.'

신혁돈이 몸을 차지한 놈은 가장 약한 개체였고 내성의 문을 막고 있는 호랑이는 가장 강한 개체였다.

어차피 테이밍을 할 거라면 강한 놈으로 하는 게 낫다.

'이놈은 버린다.'

결정을 내린 신혁돈은 기억을 살피는 것을 멈추고 호랑이의 정신을 살폈다.

'이건가.'

호랑이의 머릿속에 호랑이의 것이 아닌 에르그 에너지가 심어져 있었다. 머릿속 깊숙이 박혀 있었기에 뇌를 부수지 않고서야 제거하기 힘들 정도.

잠시 고민하던 신혁돈은 에르그 에너지를 움직여 머릿속에 심어진 에르그 에너지를 건드렸다.

그 순간.

찌이이잉!

'끄억……'

마치 누군가 가시 돋친 장갑을 낀 채 뇌를 주물럭거리는 듯한 고통!

생전 겪어본 적 없는 고통에 집중이 흩어졌고 그와 동시에 동화 또한 풀려 버렸다. 호랑이의 몸에서 튕겨져 나온 신혁돈은 그대로 바닥을 굴렀고 그와 동시에 멍하니 서 있던 호랑이가 고통에 몸부림치기 시작했다.

"크허어어엉! 크헝! 크허어어억!"

호랑이는 숨이 모자랄 정도로 비명을 질러댔지만 신혁돈의 귀에는 단 하나도 들어오지 않았다.

분명 고통은 사라졌으나 방금 받았던 기묘한 느낌이 사라지지 않았다. 당장이라도 똑같은 고통이 시작될 것 같았기 때문이었다.

　신혁돈은 양 손바닥으로 관자놀이를 가린 채 쓰러져 있었고 그 모습을 본 길드원들이 당황하며 신혁돈에게 달려왔다.

　'이건 환상이다. 내가 만들어낸 고통이다.'

　신혁돈은 깊게 심호흡을 하며 마음을 다스렸다. 그사이 길드원들은 빠르게 신혁돈의 주변을 감싼 뒤 진을 만들었고 그와 동시에 호랑이의 목을 쳤다.

　고통에 몸부림치고 있던 호랑이의 두꺼운 목이 바닥을 굴렀다. 그 광경을 목격한 엘 코로스들은 그대로 도망쳐 버렸다.

　주변이 안전해지자 길드원들은 곧바로 쓰러져 있는 신혁돈에게 치료 마법을 퍼부으며 그의 이름을 불렀다.

　"형님? 혁돈 형님?"

　신혁돈은 자신에게 밀려들어오는 에르그 에너지를 느끼며 몸을 일으켰다.

　"괜찮다."

　"무슨 일입니까?"

　"정신 지배 마법을 파훼하려다 역으로 당했다."

　"…예?"

"설명하자면 복잡해."

"예."

몇 번 더 심호흡을 한 신혁돈은 관자놀이에서 손을 뗀 뒤 입구를 바라보며 말했다.

"우리가 있는 곳이 외벽 바깥. 그리고 이 문을 통과하면 내 벽과 외벽의 사이가 된다. 여기부터는 무장을 한 엘 코로스들 이 등장하지."

"그놈들 강합니까?"

"적당히."

적당히 강하다는 말에 윤태수의 미간이 찌푸려졌고 길드원 들 또한 모르겠다는 얼굴로 신혁돈을 바라보았다.

"형님 입장에서 적당히입니까? 아니민 우리 입징에서 적당 한 겁니까?"

"너희들."

대충 대답한 신혁돈은 아직까지 지끈거리는 관자놀이를 툭 툭 건드리며 말을 이었다.

"에르그 코어 챙기고 정비해."

말을 마친 신혁돈은 곧바로 엘 코로스의 시체에서 에르그 기관을 흡수했다. 마지막으로 호랑이의 시체에서 에르그 기 관을 흡수한 신혁돈은 떠오른 메시지 창을 보고 미간을 찌푸 렸다.

'새로운 스킬 대신 엘 코로스의 포인트가 올랐다.'

즉, 호랑이 또한 엘 코로스의 한 종류라는 뜻이 된다.

에르그 코어의 분배를 마친 백종화가 보고를 위해 신혁돈에게 다가왔다가 그의 표정을 보고선 물었다.

"무슨 일 있습니까?"

엘 코로스와 호랑이가 같은 종류라는 것을 들은 백종화는 곧바로 팔짱을 끼며 고개를 모로 꺾었다.

"흠. 그러면 흙의 거인 타입의 엘 코로스와 호랑이 타입, 둘 외의 타입이 존재할 수도 있다는 뜻이 되는 겁니까?"

"그렇겠지."

"저 호랑이의 기억에 두 타입 외의 다른 타입은 없었지 말입니다?"

"외벽 안쪽에 대한 기억은 전혀 없었다."

두 사람의 대화를 들은 길드원들의 시선이 호랑이의 시체 뒤로 펼쳐진 구멍으로 던져졌다.

"일단 내벽을 지키고 있는 호랑이를 잡아봐야 제대로 된 정보가 나올 것 같습니다."

신혁돈이 고개를 끄덕여 동의하자 길드원들은 곧바로 이동을 준비했다.

방금 다섯 시간을 쉰 데다 가장 강한 호랑이를 정리한 게 신혁돈이었기에 길드원들의 체력 소모는 거의 없었기 때문이었다.

"그럼 가지."

준비가 끝난 것을 확인한 신혁돈이 구멍으로 향하며 말했
고 그 뒤를 길드원들이 따랐다.

*　　　　*　　　　*

빛 한 점 없는 구멍의 안에는 통로가 이어져 있었으며 통로
는 꽤나 길었다.

백종화가 만들어낸 빛 덩어리에 의지하며 걸어가던 패러독
스는 통로가 조금씩 넓어진다는 느낌을 받았고 얼마 지나지
않아 '지저 세계'에 도착할 수 있었다.

"땅속에 지평선이라……."

빛 덩어리를 시야에서 사라질 정도로 멀리 날려 보냈으나
지저 세계의 끝은 보이지 않았다. 대신 거무죽죽한 땅 위에
솟아 있는 수많은 언덕들이 패러독스의 시야에 가득 찼다.

"저게 다 엘 코로스일까요?"

"너무 큰데."

"설마……."

언덕의 크기는 사람 만한 것부터 구릉이라 불러도 될 정도
로 거대한 것까지 다양했고 모든 언덕에서는 에르그 에너지

가 느껴지고 있었다.

그들의 대화를 듣고 있던 신혁돈은 길드원들의 사기 따위는 신경 쓰지 않는다는 듯 덤덤히 말했다.

"모두 엘 코로스다."

그나마 다행인 것은 천장 또한 한눈에 들어오지 않을 정도로 넓다는 것.

그 덕에 도시락의 거체가 날개를 펴고 날 수 있을 정도였다. 그것을 파악한 신혁돈이 말을 이었다.

"땅속에도 있을지 모르니 도시락을 타고 이동한다."

모두 엘 코로스라는 말에 지옥 구덩이에 발을 디딘 표정을 하고 있던 길드원들의 얼굴에 화색이 돌았다.

외벽 수문장 격인 호랑이의 기억에 내벽의 입구 위치는 없었다. 즉, 이 넓은 공간을 전부 수색해야 했다.

지하인 데다 다른 차원인 만큼 문이 겉으로 드러나 있을 거라고 생각하기도 힘든 상황.

길드원들은 신혁돈의 생각을 아는지 모르는지 하나둘 도시락의 등에 올랐다.

그 모습을 바라보던 신혁돈은 세뿔가시벌레의 날개를 펼친 뒤 하늘로 날아올랐다.

드드드드드!

세뿔가시벌레 특유의 전기톱 소리와 비슷한 날갯짓 소리가 길드원들의 고막을 때렸다. 앞서 날아가는 신혁돈의 뒷모습을 힐끗 바라본 윤태수는 혀를 내둘렀다.

"도대체 얼마나 넓은 거야……."

"왜요?"

"여긴 막힌 공간이잖아. 그럼 더럽게 큰 날갯짓 소리가 메아리쳐야 정상인데 그런 게 하나도 없잖아."

"오, 그러네? 똑똑해 보여요."

김민희에게 청찬인지 조롱인지 알 수 없는 반응을 받은 윤태수는 미간을 찌푸렸고 김민희는 미소를 지으며 신혁돈에게로 고개를 돌렸다.

윤태수의 말대로 신혁돈의 날갯짓 소리는 지축이 울릴 정도로 거대했다. 마치 지진이라도 난 듯 어마어마한 소리가 사방에서 울리고 있었으니까.

"…어라?"

"왜?"

"이거 소리가 너무 큰 거 아니에요?"

"천장에 가까워지니까 메아리치는 거 아니……."

말을 하며 주변을 살피던 윤태수의 시선이 땅으로 향했고 그의 말문이 막혔다. 그의 말을 듣고 있던 김민희는 당연히 그의 시선을 따라 움직였고 곧 윤태수와 똑같은 표정이 되었다.

"…그냥 지진이겠죠?"

"아니, 깨어난다."

어느새 다가온 백종화가 말했다. 모든 길드원들의 시선이 땅으로 향하자 모든 모래언덕이 흔들리며 몸을 일으키는 것을 확인할 수 있었다.

"세상에……."

그그그! 그그그긍!

"저기 봐봐. 더럽게 크다."

윤태수의 손끝에는 5m는 넘어 보이는 거대한 엘 코로스가 몸을 일으키고 있었다.

워낙 높은 곳에서 날고 있었기에 다양한 엘 코로스들이 일어나는 것을 길드원들은 강 건너 불구경을 하듯 바라보고 있었다.

완전히 깨어난 엘 코로스들은 마치 의식을 하듯 자신의 가슴에 손을 댔고 그와 동시에 그들의 몸을 뒤덮고 있는 노란 문신이 빛을 발했다.

순간 어둠이 내려앉아 있던 지저 세계 전체가 빛에 휩싸였다. 그리고 얼마 지나지 않아 빛이 가시자, 그들의 몸에는 갑옷과 무기가 생겨나 있었다.

"뭐야, 저게……."

그들은 마치 한 몸처럼 똑같은 동작으로 움직였는데 그 모습이 마치 누군가의 조종을 받고 있는 것처럼 보였다.

마치 고대 시대의 전사들처럼 중요 부위만 가린 갑옷과 기다란 창을 한 손에 들고 있는 엘 코로스들의 고개가 하늘로 솟구쳤다.

"설마……."

그 순간.

"배리어를 펼쳐!"

신혁돈이 소리침과 동시에 모든 엘 코로스들의 허리가 활처럼 휘었다. 허리가 다시 펼쳐진 순간 수많은 창들이 길드원들을 노리고 쏘아졌다.

쐐애애액!

"이런, 미친!"

윤태수는 본능적으로 가슴을 펼치다가 고르곤의 흉갑이 없다는 것을 깨닫고서는 욕설을 뱉으며 석궁을 펼쳤다.

그의 행동을 본 길드원들이 각자의 석궁을 펼치며 날아오는 창을 쏘았다. 그사이 백종화는 도시락 전체를 감쌀 만한 크기의 배리어를 펼쳤다.

둥! 두두두두둥!

배리어가 생성됨과 동시에 수많은 창이 배리어를 두들겼다. 신혁돈은 전력으로 날며 자신을 향해 날아오는 눈먼 창들을 쳐냈다.

배리어를 때린 채 힘을 잃은 창들은 다시 바닥으로 떨어지기 시작했다. 그러나 엘 코로스들은 자신들이 던진 창이 자신들을 노리고 떨어지는 것을 멍하니 바라보고 있었다.

푸욱! 푹푹푹!

거대한 창들이 마치 비처럼 엘 코로스와 땅을 가리지 않고 꿰뚫었고 그 모습을 보고 있던 길드원들이 어이가 없다는 듯 헛웃음을 흘렸다.

"무슨 멍청한……."

그때 신혁돈이 추락하듯 땅으로 떨어졌다. 그와 동시에 그의 손에서 수르트의 불꽃이 타오르며 거대한 워해머가 생겨났다.

화르륵!

마치 유성이 떨어지듯 허공에 새빨간 선을 그으며 떨어져 내린 신혁돈은 가장 거대한 엘 코로스의 머리를 스쳐 지나가며 후려쳤다.

꽝!

마치 투명한 대못이 박히기라도 한 듯 엘 코로스의 머리에 거대한 구멍이 생겨났고 엘 코로스는 비명조차 지르지 못한 채 뒤로 넘어갔다.

신혁돈은 무슨 생각인지 곧바로 시체의 가슴으로 달려들며 몰맨의 손톱을 뽑아냈다. 수르트의 불꽃에 휩싸인 몰맨의 손톱은 엘 코로스의 가슴 갑옷을 종잇장처럼 찢어버리며 파고들었고 이내 에르그 기관을 뽑아낼 수 있었다.

그사이, 엘 코로스들은 새로운 명령을 받은 기계들처럼 몸을 움직이기 시작했다.

그들은 동료의 몸과 바닥에 박힌 창을 뽑아내 손에 쥐었다. 일련의 동작이 완료된 순간, 모든 엘 코로스들의 허리가 다시 휘었다.

그들의 허리가 휘는 것을 본 신혁돈은 하늘로 떠오르지 않고 땅으로 내려와 에르그 기관을 흡수한 뒤 기억을 훑었다.

'조종하는 누군가가 있다.'

마음 같아서는 동화를 사용한 뒤 한 번에 위치를 찾아내고 싶었지만 아까 당했던 고통에 다시 한 번 낭한나면 버틸 수 있을지 확신이 서지 않았다.

그랬기에 신혁돈은 에르그 기관을 빼앗아 영혼 포식을 하는 번거로운 작업을 거치며 엘 코로스의 기억을 흡수한 것이었다.

'역시.'

엘 코로스가 가진 기억은 전부 단편적인 기억의 연속이었기에 신혁돈은 곧바로 원하는 기억을 찾아낼 수 있었다.

'조종하는 놈은 호랑이다.'

이들에게는 '창조자'와 '관리자' 딱 두 개의 개념밖에 없었다. 창조자의 명령이 1순위, 그리고 관리자가 그다음이었고 자신의 지성 따위는 존재하지 않았다.

지금 이들을 조종하는 놈은 관리자. 즉 호랑이다.

'문제는 위치.'

쐐애애액!

두두두두둥!

어느새 쏘아졌던 창들이 배리어에 막혀 다시 떨어져 내리고 있었다. 그래도 학습 능력은 있는 모양인지 엘 코로스들은 떨어지는 창을 피하기 위해 이리저리 움직이고 있었다.

그 순간.

신혁돈은 최대한 높이 날아오르며 에르그 에너지의 움직임을 살폈다.

이만큼 많은 엘 코로스를 조종하기 위해서는 엄청난 양의 에르그 에너지를 소모하고 있을 것이고 그 정도의 에르그 에너지가 움직인다면 절대 신혁돈의 눈을 피할 수 없기 때문이었다.

'저긴가.'

위치를 찾아낸 신혁돈은 곧바로 도시락에게 신호를 보내 자신을 따라오라 명령한 뒤 몸을 날렸다.

목표를 잃은 엘 코로스들은 멍한 눈으로 도시락을 올려보다가 어느 순간 패러독스를 따라 달리기 시작했다.

쿵! 쿵! 쿵!

수백 마리의 엘 코로스가 달리자 지축을 울리는 굉음이 지저 세계 전체를 울렸다. 도시락의 위에 있던 길드원들은 꼬리 쪽으로 내려와 석궁을 발사하기 시작했다.

퓨퓨퓻!

콰앙! 콰앙!

가지각색의 에르그 에너지가 담긴 쿼렐이 날아들며 엘 코로스들을 난자했지만 수가 워낙 많았기에 티가 나지도 않았다.

하지만 김민희가 다루는 아엘로의 창은 달랐다.

에르그 에너지가 가득 담겨 새파란 빛을 발하는 열 개의 창은 가로막는 모든 것을 꿰뚫으며 엘 코로스들을 학살했다.

엄청난 위력에 길드원들이 쿼렐을 쏘는 것조차 잊고 그녀가 움직이는 아엘로의 창을 바라보고 있을 정도였다.

"뭐… 뭐야, 너."

그간 전투력이 제로에 수렴하던 김민희가 모두를 압도할 정도의 위력을 보이자 윤태수가 놀란 듯 물었다.

하지만 김민희는 비홀더의 눈과 신경을 연결한 채 집중하느라 그의 말을 듣지 못하고 있었다.

비홀더의 눈과 아엘로의 창, 둘 다 유니크 아이템이었지만 두 아이템의 시너지가 합쳐지자 어지간한 에픽 아이템을 뛰어

넘을 정도로 강력했다.

그 모습에 탄력을 받은 길드원들은 그녀를 바라보던 시선을 엘 코로스들에게 돌리며 에르그 에너지 쿼렐을 쏟아부었다.

하지만 지저 세계는 생각 이상으로 넓었고 패러독스가 처리하는 엘 코로스의 수보다 합류하는 엘 코로스의 수가 많았다.

길드원들이 정신없이 쿼렐을 쏘는 사이 신혁돈은 공격 대신 호랑이가 다루는 에르그 에너지를 추적하고 있었다.

'찾았다.'

에르그 에너지의 진원지를 찾아내어 몸을 날리려던 신혁돈이 멈칫하며 허공에 섰다.

'지하?'

이곳 또한 지상에서 수백 미터는 떨어진 곳인데 여기서 더 지하로 내려간다고?

쐐애애액!

하지만 생각을 하고 있을 시간이 없었다.

그의 감각과 에르그 에너지 모두 '호랑이는 저 아래 있다' 말하고 있었고 신혁돈은 자신의 감각을 믿었다.

"하강한다!"

그의 목소리에 길드원들이 자연스럽게 몸을 낮추었고 그와

동시에 도시락이 추락하듯 고개를 꺾으며 급강하를 시작했
다.

*   *   *

콰콰콰콰쾅!

신혁돈의 워해머 끝에서 발현된 쇼크 웨이브는 땅거죽을
뒤집어놓다 못해 거대한 크레이터를 만들어냈고 그 아래 숨
어 있던 호랑이의 모습을 드러냈다.

"크와아!"

외벽에서 보았던 호랑이의 두 배는 될 법한 크기. 게다가
더욱 선명한 문신이 그의 강함을 증명하고 있었다.

호랑이의 모습이 드러난 순간, 신혁돈은 다시 한 번 쇼크
웨이브를 사용했다.

콰콰쾅!

불과 벼락이 섞인 거대한 충격파가 호랑이를 덮치기 직전
호랑이의 온몸을 덮고 있는 샛노란 문신이 빛을 발했다.

구르르릉!

땅이 의지를 가지고 움직이듯 솟구치며 호랑이의 전면을 막
아냈다. 그리고 그 위로 엘 코로스들이 올라서 호랑이를 지키
기 시작했다.

순식간에 엘 코로스들에게 둘러싸여 호위를 받기 시작한 호랑이는 방금과 다른 여유로운 얼굴을 하고선 발을 굴렀다.

꾸웅!

굉음과 함께 엘 코로스들이 딛고 있던 땅이 솟구쳤고 엘 코로스들은 도시락을 향해 뛰어들었다.

"석궁!"

윤태수의 외침과 동시에 길드원들의 손목에는 석궁이 생겨났다. 그와 동시에 허공에 뜬 엘 코로스들을 벌집으로 만들었다.

그 모습을 확인하기도 전, 신혁돈은 곧바로 호랑이에게 달려들며 위해머를 휘둘렀지만 엘 코로스들의 몸에 막히고 말았다.

'너무 많다.'

이런 식으로 소모전으로 간다면 패러독스가 불리하다. 한 번의 공격으로 전황을 파악한 신혁돈은 곧바로 뒤로 물러서며 허공으로 날아올랐다.

화르륵!

꾸구궁!

신혁돈의 몸에서 번개와 화염이 5m 가까이 피어올랐고 솟구친 화염은 거인의 형상을 만들었다.

불과 번개의 거인이 일어남과 동시에 거인의 몸에서 검은빛과 흰빛의 실이 두 가닥으로 흘러나왔다.

흘러나온 두 빛의 가닥은 순식간에 엮어들며 두 번째 불과 벼락의 거인을 만들어냈으며 그 덕에 백종화가 만들어낸 빛 덩어리가 필요 없을 정도로 밝아졌다.

쿵!

쿠쿵!

신혁돈과 분신, 두 거인이 발을 내딛은 순간 그들의 몸에서 흘러나온 화염과 벼락이 주변을 초토화시켰다.

콰콰쾅!

화르르륵!

그의 주변에 있던 엘 코로스들은 번갯불에 튀겨진 콩처럼 터져 나갔고 간신히 벼락을 피한 놈들은 불에 타 뼈조차 남기지 못하고 사라졌다.

"크와앙!"

호랑이는 기세에서 밀리지 않겠다는 듯 커다란 울음을 뱉었다. 그의 울음을 들은 엘 코로스들이 불나방처럼 신혁돈과 분신을 향해 몸을 던졌다.

펑! 퍼펑!

괴랄하다는 말이 어울릴 정도의 파괴력을 보이고 있었지만 신혁돈의 몸에 가득 차 있던 에르그 에너지는 어디 구멍이라도 난 것처럼 빠져나가고 있었다.

'1분도 못 버틴다.'

그 안에 호랑이를 정리해야 한다.

마음을 먹은 신혁돈은 분신을 남겨둔 채 호랑이를 향해 달려들며 채찍을 휘둘렀고 마치 거대한 화살이 날아가는 듯한 파공음과 함께 호랑이의 발목을 노렸다.

쐐애애액!

쿠구구궁!

퍼석!

하지만 호랑이는 외벽의 놈처럼 멍청하지 않았다.

힘에서 상대가 되지 않는 것을 아는지 땅을 다루는 힘을 이용해 벽을 세워 채찍의 동선을 방해하며 날랜 몸놀림으로 신혁돈의 공격을 피해냈다.

퍽! 퍽!

신혁돈은 발에 걸리는 엘 코로스들을 밟고 차버리며 호랑이에게 달려들었다. 채찍을 피하느라 제대로 거리를 벌리지 못한 호랑이가 언월도의 사정거리에 들어온 순간 언월도를 든 거인의 두 팔이 거세게 휘둘러졌다.

후우우우웅!

태풍이 부는 듯한 굉음이 일며 언월도가 호랑이의 머리 위로 떨어졌다.

퍼석!

다시 한 번 땅이 솟구치며 신혁돈의 공격이 막혔다. 그러나 신혁돈의 입가에는 미소가 걸렸다.

벽에 부딪힌 언월도는 처음부터 힘이 담겨 있지 않았다는 듯 맥없이 튕겨 나갔고 그 사이로 채찍이 살아 있는 뱀처럼 날아들었다.

휘리릭!

벽으로 자신의 시야를 가려 버렸기에 호랑이는 반응조차 하지 못했고 순식간에 날아든 채찍에 발목이 잡아 채이고 말았다.

"컹!"

신혁돈은 손에 느낌이 온 순간 마치 낚시를 하듯 잡아챘고 호랑이는 끌려가지 않기 위해 발톱을 세워 땅에 박았다.

파지직!

하지만 호랑이는 채찍을 감싸고 있는 불과 번개가 주는 고통을 견디지 못했다.

타닥!

"콰웅!"

호랑이는 버티는 것을 포기하고 단박에 숨통을 끊어버리겠다는 듯 날카로운 이를 드러내며 신혁돈의 목을 향해 몸을 던졌다.

하지만 신혁돈은 그것마저 예상했다는 듯 불의 검을 추켜

세웠고 호랑이가 지척까지 달려들자 머리를 꿰뚫어 버렸다.

푸우욱!

"카우……."

불의 검이 호랑이의 미간을 정확히 파고들자 그의 몸과 눈을 빛내던 샛노란 문신의 빛이 사그라졌다. 신혁돈은 거기서 멈추지 않고 언월도를 들어 호랑이의 목을 쳐냈다.

쿵! 쿵쿵!

호랑이가 쓰러짐과 동시에 그가 조종하고 있던 엘 코로스들이 쓰러지며 수많을 에르그 코어가 떠올랐다.

석궁을 쏘아젖히며 자신들을 향해 달려들던 엘 코로스를 제거하던 윤태수는 긴 한숨을 내쉬며 땀을 훔쳤다.

"끝났나."

그의 말과 동시에 존재감을 뿜내고 있던 불과 벼락의 거인들이 사라지듯 몸의 크기를 줄였다.

별다른 명령 없이도 도시락이 신혁돈의 곁으로 안착했다. 길드원들은 그의 주변으로 모여들어 호랑이의 시체를 바라보았다.

그사이 신혁돈은 호랑이의 시체에서 에르그 기관을 꺼내 섭취하며 기억을 읽기 시작했다.

신혁돈이 눈을 뜬 순간.

['엘 코로스의 힘―땅'의 힘을 가진 엘 코로스를 포식하셨습니다.]

['엘 코로스의 힘―땅'을 사용할 수 있습니다.]

…….

그 뒤의 자세한 설명을 보지 않더라도 어떤 힘인지 알 수 있었다. 신혁돈은 바닥을 향해 손을 뻗었고 그의 손에 따라 땅의 모양이 변하기 시작했다.

'이게 끝인가.'

불의 힘을 얻었던 수르트나 번개의 힘을 얻은 세이비어처럼 강한 에르그 에너지를 가진 존재가 아니었기에 엘 코로스의 힘은 미약하기 그지없었다.

지금으로서는 안지혜가 손가락 하나를 까딱하는 것보다 못한 수준.

하지만 엘 코로스들의 에르그 기관을 섭취하고 수련한다면 얼마 지나지 않아 안지혜 그 이상으로 땅의 힘을 다룰 수 있을 것이었다.

이로서 신혁돈이 다룰 수 있는 속성은 바람과 땅, 그리고 불과 번개가 되었다.

전부 한 번에 다룰 수만 있다면 마왕에 필적하는 힘을 낼 수 있겠지만 그러기엔 신혁돈의 에르그 에너지 양이 모자라다.

그때, 네 가지의 힘 전부를 다루어보던 신혁돈의 머릿속에 한 가지 아이템의 이름이 스쳤다.

"칠색 용의 숨결……."

저번 삶에서 신혁돈이 죽기 얼마 전, 그레이트 화이트 홀을 찢고 등장했던 괴물 칠색 용.

그 괴물이 죽으며 드랍했던 에픽 아이템이 바로 칠색 용의 숨결이다.

사용자가 사용하는 모든 속성을 융화시키는 힘을 가지고 있는 데다가 에르그 에너지의 최대량을 늘려주기까지 한다.

모든 속성의 친화력까지 올려줄 뿐만 아니라 아이템의 이름을 딴 '칠색 용의 숨결'이라는 스킬까지 붙어 있어 모든 메이지들이 꿈에 그리던 에픽 아이템.

원한다면 헛된 우상을 통해 바로 얻을 수 있는 아이템이다. 하지만 칠색 용의 숨결을 사용한다면 수르트의 불꽃을 사용할 수 없게 된다.

그렇게 되면 수르트가 가진 불의 힘과 그가 준 새로운 엘드요툰의 힘, 두 가지 모두를 사용할 수 없게 되니 아무런 의미가 없어지는 상황.

어디선가 칠색 용이 나타나주지 않는 이상에야…….

"그림의 떡이군."

신혁돈이 짧게 입맛을 다셨다.

에르그 코어를 흡수한 뒤 휴식을 취하고 있던 윤태수는 신혁돈의 혼잣말을 듣고선 다가와 물었다.

"뭐가 그림의 떡입니까?"

"그런 게 있어."

윤태수는 그럼 그렇지 하는 표정으로 입술을 비죽인 뒤 물었다.

"기억 본 건 어떻습니까?"

신혁돈은 윤태수를 한 번 바라본 뒤 그의 뒤에 멍하니 앉아 있는 길드원들을 바라보며 말했다.

"모여봐."

길드원들이 그의 주변에 모여 앉자 신혁돈이 입을 열었다.

"이곳에 처음 들어올 때 했던 말 기억나나? 여기가 첫 번째 세계라 했던 말."

길드원들이 기억이 난다는 듯 아아, 하는 소리와 함께 고개를 끄덕이자 신혁돈이 말을 이었다.

"그게 무슨 의미인지는 아직 모르겠지만 엘 코로스가 첫 번째 생물은 아니었다. 내벽을 지키던 저 호랑이는 원래 내벽을 지키던 놈이 아니었어."

앞으로 이어질 전투에 대한 브리핑쯤으로 생각하고 멍하니 듣고 있던 길드원들의 눈에 의문이 떠올랐다.

"그럼 뭡니까?"

"바깥 세계. 그러니까 우리가 처음 도착했을 때 보았던 땅에는 원래 살고 있던 괴물들이 있었고 다양한 생물들 또한 존재했었어. 워낙 오래된 기억이라 얼마나 지난 건지는 모르겠지만 어쨌거나 그래."

말을 마친 신혁돈은 호랑이의 시체를 바라보았고 길드원들의 시선 또한 그를 따라 움직였다.

"그럼 엘 코로스들이 다 잡아먹어 버린 겁니까?"

"잡아먹는 기억이 있는 걸로 보아 그럴 가능성이 높아. 그러고 나서 꽤나 긴 세월이 흘러 지금의 환경이 생겨난 거겠지."

그의 말을 가만히 듣고 있던 백종화가 미간을 구기며 물었다.

"왜… 인지는 모르시는 겁니까?"

"어. 이놈도 신이라는 놈한테 명령을 받고 움직이는 놈이라 자아라는 게 없다시피 해서 기억이 없다."

"흠."

백종화는 팔짱을 낀 뒤 엘 코로스와 호랑이들의 시체를 슥 둘러보며 말했다.

"어쩌면 마신이 타 차원을 침공한 이유가 여기서 밝혀질 수도 있을 것 같습니다."

그의 말에 신혁돈이 천천히 고개를 끄덕이며 답했다.

"나도 그렇게 생각한다. 이곳의 신을 잡는다면 이들이 차원을 점령하고 이런 지저 세계를 만든 이유, 그리고 다른 차원을 침략해 그곳에 사는 토착민들을 잡아먹는 이유까지도 밝혀낼 수 있겠지."

거기까지는 생각 못 했다는 듯 대부분의 길드원들이 눈을 둥그렇게 뜬 채로 천천히 고개를 끄덕였다.

지금까지는 살기 위해, 그저 자신과 자신의 가족을 죽이려 하기 때문에 지키기 위해, 그리고 마신 제거라는 목적을 위해 달려오기만 했다. 마신이 어째서 인류와 다른 차원을 침공하는지는 생각해 본 적이 없었다.

길드원들이 생각에 잠긴 사이 윤태수가 물어왔다.

"그럼 다음 목표는 어떻게 됩니까?"

"여기까지가 수로 밀어붙였다면 외성부터는 정예들이 나온다. 내성으로 들어가는 문을 지키는 호랑이가 이놈보다 거대하고 강한 건 당연한 거고… 이외의 정보는 확실하지 않으니 일단 여기까지."

신혁돈의 말이 끝나자 길드원들은 고개를 끄덕인 뒤 몸을 일으켰다.

긴장감이 넘치는 전투를 겪긴 했지만 그렇게 긴 시간이 걸리진 않았기에 바로 다음 장소로 이동할 것이라 생각한 것이다.

하지만 신혁돈은 손을 저어 그들을 다시 앉혔고 그의 행동에 길드원들의 얼굴에 의아한 표정이 걸렸다.

"더 하실 말씀 있으십니까?"

"아니, 여기서 충분한 휴식을 취하고 간다."

"예?"

지금까지의 신혁돈이라면 방금 치른 전투는 전투로 쳐주지도 않을 사람이다. 한데 휴식. 그것도 충분한 휴식이라니.

길드원들의 눈에 의심이 서린 순간, 신혁돈이 말을 이었다.

"외성에 들어간 후부터는 언제 다시 쉴 수 있을지 모르니 쉴 수 있을 때 최대한의 휴식을 취해서 몸 상태를 최상으로 만들어놓고 들어간다."

"알겠습니다."

표정이나 말투의 변화는 없었지만 자신들을 대하는 태도가 조금은 달라진 것을 느낀 길드원들은 본능적으로 신혁돈 또한 긴장을 하고 있다는 것을 느낄 수 있었다.

그 또한 만반의 준비를 갖추어야 할 정도로 강한 적이 바로 이 앞에서 패러독스를 기다리고 있는 것이다.

*　　　　*　　　　*

그들의 앞을 막고 있던 문이 열린 순간.

패러독스는 외벽과 내벽, 그리고 외성과 내성이라는 단어로

구역을 나눈 이유를 깨달을 수 있었다.

"맙소사… 진짜 성이었어?"

문이 열리자마자 제일 먼저 들어간 신혁돈이 주변을 경계하는 사이 길드원들은 입을 떡 벌린 채 주변을 둘러보았다.

"뭐가 이렇게 밝은 거지?"

외성의 내부는 백종화의 빛 덩어리가 필요 없을 정도로 밝았으며 거대한 성벽이 끝없이 펼쳐져 있었다.

길드원들이 서 있는 입구가 제일 낮았기에 제대로 보이는 것은 없었다.

하지만 외성 전체를 둘러싸고 있는 성벽은 한눈에 끝을 볼 수 없을 정도로 거대했기에 확인할 수 있었다. 그것을 살피던 길드원들은 실내가 밝은 이유를 찾아낼 수 있었다.

"저 성벽이 빛을 내고 있어요."

그들은 성벽 자체에 엘 코로스들의 피부에 새겨져 있는 것과 같은 문신이 새겨져 있으며 그것이 빛을 뿜고 있다는 것을 눈치챘다.

성벽은 굉장히 오랜 시간 그 자리에 서 있던 것인지 원래의 색을 알아볼 수 없을 정도로 먼지가 쌓여 있었으며 여기저기 금이 가 있는 상태였다.

성벽에 새겨져 있는 샛노란 문신은 엘 코로스의 그것처럼 박동하고 있었다. 그것을 보고 있던 고준영이 마른침을 꿀꺽

삼키며 말했다.

"…설마 저 성벽이 움직이진 않겠지?"

"말이 씨가 될라, 인마."

같은 불안감을 품고 있던 윤태수는 고준영에게 괜한 타박을 한 뒤 신혁돈의 뒤로 걸어가며 다른 것들을 둘러보았다.

성벽 안으로는 8m는 가뜬히 넘어 보이는 거대한 석상 3개가 세워져 있었고 그 아래로 토굴처럼 생긴 굴의 입구가 펼쳐져 있었다.

"성 내부치고는 영 허접한데."

군건하고 거대한 성벽에 비해서 토굴은 허접하다 못해 누추해 보일 정도였다.

"형님 생각은 어떠십니까?"

신혁돈은 대답 대신 성벽의 한 부분을 가리켰고 윤태수의 시선은 자연스레 그곳으로 향했다.

성벽이 기역 자로 꺾이는 모서리 부분이었는데 그곳까지는 문신이 이어져 있지 않은 것이 보였다.

"보이나?"

"예."

"저게 뭘 의미할까."

"…예?"

윤태수가 다시 한 번 모서리를 살피는 사이 백종화가 그들

을 지나쳐 바로 앞에 있는 토굴로 들어갔다. 신혁돈도 그의
뒤를 따라 들어갔다.

그들의 뒤에 있던 길드원들은 자연스럽게 토굴 밖을 호위하
기 시작했고 윤태수는 길드원들과 신혁돈의 등을 보다 토굴
로 함께 들어갔다.

토굴로 들어간 순간 윤태수는 발걸음을 멈춤과 동시에 검
을 뽑아 들었다.

그러고는 백종화의 눈앞에 서 있는 기괴하게 생긴 괴물의
목을 베어 넘기려는 찰나 갑자기 나타난 어글리 베어의 손이
윤태수의 검을 허공에서 붙잡았다.

까득!

윤태수는 당황한 눈으로 신혁돈을 바라보았고 신혁돈은 말
대신 눈길로 괴물을 가리켰다.

그제야 이상함을 느낀 윤태수는 토굴 안을 빼곡히 채우고
있는 괴물들을 바라보았다.

그들은 엘 코로스와 비슷하게 생겼으나 몸의 생김새 자체
가 달랐다.

엘 코로스가 찰흙으로 빚어놓은 동그란 사람처럼 생겼다면
토굴을 가득 채우고 있는 괴물들은 온몸에 가시가 돋아 있고
각이 져 있는 생김새였다.

게다가 가장 결정적인 차이점이 있었다.

"문신이 없네?"

토굴 안에 있는 괴물들은 다른 것들과 다르게 몸을 가득 채우고 빛나는 문신이 존재하지 않았다.

"뭐지?"

제일 앞에 서 있던 백종화가 토굴 안의 괴물들을 쓱 살핀 뒤 밖으로 나가자 손짓했고 세 사람이 밖으로 나왔다.

"저건 뭡니까?"

"토착민 같은데."

"원래 이 차원에 살았다고 했던 토착민 말입니까?"

"그래."

윤태수의 물음에 대답을 한 백종화는 신혁돈을 보고 물었다.

"정예가 정확히 어떻게 생겼는지 아십니까?"

"그것까진 모른다."

"흐음……."

대답을 들은 백종화는 팔짱을 낀 뒤 외성 전체를 훑으며 비음을 흘렸다.

"일단 성벽의 문신이 끊어진 건 엘 코로스가 지은 건물이 아니라는 걸 의미하는 것 같습니다."

동의한다는 듯 신혁돈이 고개를 끄덕이자 윤태수가 물었다.

"그럼 여기 원래 살았다는 토착민들이 지어둔 거란 겁니까? 저 안에 있는 것들이?"

"저 토굴을 토착민이 지었고 성벽을 엘 코로스가 지었을 가능성도 있긴 하지만 그럴 가능성은 적어. 만약 저 정도 건축 지식이 있는 놈들이었다면 성벽을 수리했을 거다."

"하긴, 자기들이 지은 걸 저 모양이 되도록 내버려두진 않았을 테니. 그럼 저 안에 있는 괴물들이 지은 건축물이라는 뜻인데… 도대체 뭔지를 모르겠습니다."

둘의 대화를 듣고 있던 신혁돈이 짧게 혀를 찼다.

만약 생존자가 하나라도 있었다면 퀘스트를 받을 수 있었을 것이었다. 아니면 아주 작은 실마리라도.

하지만 정보를 얻을 수 있는 무언가가 전혀 없었기 때문인지 아니면 가이아의 생각이 있는 것인지 어떠한 퀘스트도 생겨나지 않고 있었다.

'아쉽군.'

만약 퀘스트가 생겨났다면 어느 정도 정보를 얻는 것은 물론이거니와 보상도 있었을 것이다.

"내성을 지키고 있는 놈의 기억을 읽으면 알 수 있겠지. 일단 정예부터 찾는다."

세 사람의 대화를 듣고 있던 길드원들은 할 일이 정해지자 경계하던 것을 멈추고 주변 수색을 시작했다.

신혁돈은 도시락에게 천장 근처에서 날며 땅을 수색해라 명령한 뒤 자신 또한 수색을 시작했다.

토굴의 수는 셀 수 없을 정도로 많았고 안에는 전부 괴물이 가득 들어차 있었다.

주변을 살피다 토굴에 들어간 신혁돈은 토굴 속에 있는 토착민 한 마리의 배를 갈라보았지만 모래만 떨어질 뿐 에르그 기관도 무엇도 없었다. 영혼 포식 또한 통하지 않았다.

"에르그 에너지가 전혀 안 느껴지는 걸 보면 죽은 걸까요?"

"모르지."

괴물 중에는 인간의 상상력을 초월하는 능력을 가지고 있는 놈이 널리고 널렸다. 죽을 위기에 처하면 모든 신체 활동을 멈춘 뒤 진짜 죽었다가 살아나는 괴랄한 놈도 있으니 더 말해 무엇하겠는가.

게다가 신혁돈 또한 처음 보는 괴물이었기에 확답을 내릴 수 없는 상황.

"그럼 에르그 에너지를 한번 흘려볼까요?"

"아서라. 깨어난다 해도 괴물이야."

신혁돈의 말에 김민희는 입술을 비죽인 뒤 말했다.

"혹시 모르잖아요. 로스카란토처럼 침략을 당한 이들이니까 우리를 도와줄지도……."

"흠……."

일리 있는 생각이다.

엘 코로스들에게 당해 멸망을 당할 정도의 괴물이라면 신혁돈을 어찌하지 못할 것이고, 또 한 마리만 살려 정보를 얻는 것 또한 메리트가 있었다.

게다가 에르그 에너지를 흘려 넣는다고 살아난다는 보장 또한 없으니 일단은 해볼 만한 도박이다.

신혁돈이 고개를 끄덕였고 김민희가 바로 옆에 있는 괴물에게 손을 뻗었다.

"형님!"

그때 윤태수의 외침이 두 사람의 행동을 멈추게 만들었다.

김민희와 신혁돈이 토굴 밖으로 나오자 윤태수가 두 사람을 발견하고 손짓하며 소리쳤다.

"토착민들의 왕을 발견한 것 같습니다."

"정예 엘 코로스는?"

"아직 모르겠습니다. 종화 형님 말로는 저 거대한 석상들이 정예일 수도 있다고 하던데 말입니다."

"그건 아니야."

신혁돈 또한 같은 생각을 했었기에 들어오자마자 에르그 에너지를 탐지해 보았지만 거대한 석상에서는 아무것도 느껴지지 않았었다.

"아, 그렇습니까? 어쨌거나 이리 오시지 말입니다."

두 사람은 윤태수를 따라 움직였고 곧 외성의 중앙에 도착해 거대한 토굴을 발견할 수 있었다.

"여기입니다."

"워⋯ 입구부터 한 3배는 크네."

김민희가 토굴의 입구를 살피며 비명 비슷한 탄성을 질렀다. 신혁돈은 그녀를 둔 뒤 토굴로 들어갔다.

토굴의 안에는 백종화의 빛 덩어리가 켜져 있었고, 그 아래 거대한 토착민이 있었다.

마치 인간의 왕좌와 같이 생긴 의자에 앉아 있는 토착민은 무언가 다른 토착민들과 다르게 얼굴의 표정까지 그대로 남아 있었다.

마치 무언가에 분통해하듯 입을 쩍 벌린 채 왕좌의 팔걸이를 부여잡고 당장에라도 뛰쳐나갈 것 같은 역동적인 모습.

5m는 될 법한 덩치에 온몸에 돋아 있는 가시, 그리고 각진 몸체는 어마어마한 위압감을 뿜고 있었다.

"엄청⋯ 난데."

"이게 동상이라면 우리나라로 가져가서 정원에 두고 싶다."

"그러게."

길드원들이 휜소리를 하는 사이 신혁돈은 토착민들의 왕에게 다가가 그의 무릎에 손을 얹었다.

별 기대 없이 손을 얹은 순간 신혁돈은 토착민들의 왕의 몸 속에서 박동하는 에르그 에너지를 느낄 수 있었다.

굳이 한 마리를 깨운다면 왕이 아닌 졸을 깨우는 게 맞다.

아군이 될 것이라면 상관없겠지만 적이 된다면 그나마 약한 편이 낫기 때문.

그렇기에 손을 떼려는 순간.

신혁돈은 자신의 에르그 에너지가 꿈틀거리는 것을 느꼈다.

'무슨?'

게다가 손 또한 움직이지 않았다.

당황한 신혁돈이 곧바로 자신의 손을 떼어내려 했지만 한 번 달라붙은 손은 떨어지지 않았다.

게다가 움직이기 시작한 에르그 에너지는 신혁돈의 것이 아닌 듯 엄청난 속도로 그의 몸속을 휘젓고 있었다.

마치 토착민들의 왕이 신혁돈의 에르그 에너지를 이용해 그의 몸을 살피는 듯한 느낌. 살기 혹은 살아야겠다는 의지는 느껴지지 않았다.

대신 자신에게 무언가 말을 하려는 느낌이 들었다.

'하늘거북 때와 비슷하다.'

동화도 사용되지 않았지만 괴물의 에르그 에너지 박동이 그렇게 말하고 있는 듯했다.

"형님?"

신혁돈의 모습을 보고 당황한 길드원들이 그의 주변으로 달려온 순간 신혁돈은 자신의 발밑으로 엄청난 양의 에르그 에너지가 통과하는 것을 느꼈다.

신혁돈은 곧바로 에르그 에너지의 방향을 살폈고, 그 순간 에르그 에너지가 세 방향으로 갈라지며 흘러가는 것을 느낄 수 있었다.

'이건……'

그 순간.

그그그그그그그긍.

토굴 전체가 울렸다.

기겁한 길드원들은 곧바로 무기를 뽑아 들며 괴물을 올려다보았지만 괴물은 여전히 동상처럼 가만히 있을 뿐이었다.

그렇다면.

"거상이… 거상이 움직입니다!"

밖을 지키고 있던 고준영의 목소리와 함께 다시 한 번 토굴이 진동했고 천장에서 흙이 쏟아져 내렸다.

윤태수를 비롯한 근거리 각성자들은 곧바로 바깥으로 달려나가 상황을 살폈고 백종화가 그에게 다가오며 물었다.

"뭐가 어떻게 된 겁니까?"

"이놈이 날 붙잡았다."

"…예?"

"나에게 무언가를 말하려고 한다."

"그게 무슨……"

쿠르르릉!

"먼저 나가. 나 혼자는 살아남을 수 있다."

"누가 형님 목숨 걱정합니까? 바깥 놈들, 정예라면서요. 저세 마리, 저희들로는 못 잡습니다. 아니, 저희가 죽습니다!"

지극히 현실적인 지적에 신혁돈은 헛웃음을 토한 뒤 말했다.

"죽기 전에 나가지. 시간만 끌고 있어라."

"그 말 지키셔야 합니다!"

말을 마친 백종화는 뒤도 돌아보지 않고선 토굴 밖으로 달려 나갔다. 에르그 에너지를 한껏 끌어모으는 뒷모습에서 신혁돈에 대한 믿음이 느껴졌다.

모두가 밖으로 나가자 신혁돈은 두 손을 토착민들의 왕의 무릎에 댄 뒤 날뛰는 에르그 에너지를 전부 쏟아 넣으며 낮게 읊조렸다.

"이렇게까지 했는데 쓸데없는 말을 하면 당장 모가지를 쳐 주마."

그그그그그극!

그 순간 바깥에 나는 소리가 아닌, 토굴 안에서 돌이 갈리는 듯한 굉음이 울려 퍼졌다.

*　　　　*　　　　*

후우웅!

쾅!

머리 위로 떨어지는 거대한 주먹을 간신히 피한 윤태수는 자신도 모르게 욕지기를 읊조렸다.

"이런 썅……."

바닥이 부서지며 튄 파편이 윤태수의 뺨을 스치고 지나갔지만 자잘한 상처에 신경을 쓸 여유 따위는 없었다.

8m는 가뿐히 넘을 것 같은 거상 엘 코로스가 눈이 부실 정도의 빛을 뿜으며 다시 한 번 주먹을 휘둘렀기 때문이다.

윤태수는 빠르게 에르그 에너지를 돌리며 증폭을 사용한 뒤 다시 한 번 뛰어올라 거상의 주먹을 피한 뒤 주변을 살폈다.

"얼어라!"

까드드드득!

그 순간 백종화의 목소리가 공간 전체에 울려 퍼졌고 거상 엘 코로스들의 피부에 새하얀 서리가 내려앉았다.

거상들의 몸이 둔해지자 백종화가 다시 한 번 소리쳤다.

"세 팀으로 나눈다!"

"형님은 어떻게 됐습니까!"

"시간 끌어!"

한 번에 반이 넘는 에르그 에너지를 소모해 파리해진 얼굴색의 백종화가 소리쳤다. 그리고 얼음이 깨지는 소리와 함께 거상 엘 코로스들의 공격이 다시 시작되었다.

그사이 진형을 가다듬은 길드원들은 세 팀으로 나뉘어져 각자 맡은 엘 코로스의 앞에 설 수 있었다.

"내가 시선을 끌고 지혜 씨가 다리를 노려요. 서윤 씨, 골렘은?"

"저것들 나타날 때 근처에 있다가 밟혀서 복구 중이에요. 한⋯ 10분쯤."

"⋯사용 가능한 마법진은?"

"공격 둘, 치료 둘, 매즈 둘."

매즈라면 상대에게 상태 이상을 거는 마법 전부를 총칭하는 단어다. 고개를 끄덕인 윤태수는 안지혜를 바라보았다. 안지혜 또한 고개를 끄덕이고는 거상 엘 코로스를 향해 달려 나갔다.

쿵! 쿵! 쿵!

어느새 지척까지 달려든 엘 코로스는 자신의 종아리보다 작은 윤태수를 짓밟기 위해 다리를 높이 들었다.

"붙잡아!"

안지혜의 목소리와 함께 땅이 움직이며 흙 거인의 손이 튀어나와 거상 엘 코로스의 다리를 붙잡았다.

순간 균형을 잃은 거상 엘 코로스가 휘청거렸고 그 틈을 잡은 윤태수가 거상의 아킬레스건을 길게 베었다.

서걱!

푸화아악!

엄청난 양의 피가 튀었지만 거인은 휘청거리기만 할 뿐 쓰러지지 않았고 외려 몸을 숙이며 양손으로 윤태수를 노렸다.

어지간한 바위덩이만 한 두 개의 손이 윤태수를 압사시키기 직전, 윤태수는 거인의 품으로 뛰어들며 거인의 심장에 검을 꽂아 넣었다.

콰드드드! 콰아앙!

푸욱!

윤태수는 검을 꽂는 것으로 모자라 증폭을 발동시키며 가슴팍을 헤집었고 사람 하나가 들어갈 정도의 구멍을 내고서야 거상 엘 코로스의 가슴에서 뛰어내렸다.

사람이라면 즉사해도 이상하지 않을 정도의 상처.

하지만 거상 엘 코로스는 만들어진 괴물. 피를 흘릴지언정 쓰러지지 않았다.

그 모습을 본 이서윤은 공격 마법을 준비하며 소리쳤다.

"팔다리를 잘라요!"

인간과 다른 신체 구조 때문에 급소를 공격하는 것은 의미가 없다. 이서윤의 말뜻을 이해한 윤태수가 다시 한 번 도약을 위해 거리를 벌렸다.

그러자 거상 엘 코로스가 가슴을 활짝 펼치며 양손을 뻗었다. 곧이어 그의 몸에서 돌덩이들이 쏟아지기 시작했다.

스치기만 해도 중상을 입을 만한 크기의 돌덩이들이 엄청난 속도로 세 사람을 향해 쏟아졌다.

콰쾅! 콰콰쾅!

거상 엘 코로스를 향해 달려들던 윤태수는 곧바로 몸을 틀어 두 여자를 향해 달렸고 가까이 있는 이서윤을 낚아챘다.

그러나 그의 얼굴만 한 돌덩어리가 윤태수의 허리를 향해 날아들었다.

'피할 수 없다.'

피할 수 없다면 피해를 최소화한다.

마음을 먹은 윤태수는 허리를 돌려 이서윤을 끌어안았고 그와 동시에 모든 에르그 에너지를 돌려 감쇄를 발동시켰다.

"일어서라!"

콰드드득!

퍼석!

이서윤을 끌어안은 채 맨바닥을 구른 윤태수는 자신의 허리가 멀쩡한 것을 깨달음과 동시에 눈앞에 솟아 있는 흙 거인의 등을 볼 수 있었다.

돌덩어리가 윤태수의 허리를 때리기 직전, 안지혜가 그 사이로 흙의 거인을 소환한 것이다. 흙의 거인 등에 기댄 안지혜는 짧게 한숨을 내쉬었고 윤태수는 감사를 표했다.

"후……."

"감사합니다."

"아녜요."

투두둑! 투두두둑!

아직까지 돌의 비가 쏟아지고 있는지 흙 거인의 몸과 바닥으로 진동이 전해지고 있었다. 잠깐의 여유를 얻은 윤태수는 이서윤을 바라보며 물었다.

"괜찮습니까?"

"예, 태수 씨는?"

"멀쩡합니다. 그나저나 이거 어떡합니까?"

윤태수는 질문과 함께 신혁돈이 들어가 있는 토굴로 고개를 돌렸고 두 여자의 시선 또한 그와 함께 움직였다.

"버텨야죠. 혁돈 씨가 나올 때까지."

"고르곤의 흉갑만 있었어도 이것보다는 나았을 텐데."

아쉬운 듯 입맛을 다신 윤태수가 이서윤을 바라보았다.

"내가 그런 거라도 만들어주길 바라는 눈빛인데요?"

"가능합니까?"

"팥으로 메주를 쑤죠."

윤태수가 헛웃음을 흘린 순간 그와 이서윤의 사이로 거대한 돌덩어리가 스쳐 지나갔다. 흙의 거인의 몸이 뚫린 것이다.

쾅! 콰쾅!

"후……"

한숨을 내쉰 윤태수는 구멍 사이로 거상 엘 코로스를 힐끗 본 뒤 말을 이었다.

"아직도 쏘고 있네, 저거. 지혜 씨, 이거 얼마나 더 버틸 수 있습니까?"

"버티는 거야 하루 종일 되지만… 이게 무너지면 땅의 기운을 이용하는 거라 장소를 이동해야 해요."

"얼마나?"

"한 100m쯤."

아무런 방비 없이 100m를 이동해 방어에 치중한다? 그러다 거상 엘 코로스가 달려온다면? 최악의 상황으로 외성을 지키는 호랑이가 나타난다면?

몰살이다.

그녀의 대답에 짧게 혀를 찬 윤태수가 쪼그려 앉아 바닥에 그림을 그리며 말했다.

"자, 이게 우리. 이게 지혜 씨가 만든 벽. 이게 거상이라 칩시다."

"예."

"그럼 내가 이렇게 우회해서 달려가 저놈 다리나 팔이나 뭐 하나를 자르겠습니다. 그럼 지혜 씨가 거인을 불러내서 넘어뜨린 다음에 무게로 내리누르는 겁니다. 가능하겠습니까?"

"가능은 하지만 얼마나 긴 시간을 버틸 수 있을지는 몰라요."

"저와 서윤 씨가 다른 팀을 지원할 수 있을 정도의 시간이면 충분합니다."

안지혜는 불안한 듯 눈꼬리를 파르르 떨었지만 고개를 끄덕였고 그 모습을 확인한 윤태수가 이서윤을 바라보며 말했다.

"서윤 씨는 내가 저놈 사지 중에 하나를 잘라내는 순간 공격 마법을 사용해 균형을 흩트려 놓으십시오."

"예."

작전을 세운 윤태수는 다시 한 번 한숨을 내쉰 뒤 몸을 낮추었다.

"그럼 갑니다."

그극! 그그그극!

산사태가 나기 직전 땅이 우는 소리가 이러할까. 거대한 바위끼리 부딪혀 나는 소리가 신혁돈의 귀를 괴롭혔다.

하지만 신혁돈의 정신은 소리를 들을 정도로 여유롭지 못했다.

'…씨발.'

그가 손을 대고 있는 왕의 무릎이 당장이라도 땅을 박찰 듯 꿈틀거리고 있었으며 그것으로 모자란지 온몸의 근육이 꿈틀거리는 것이 느껴졌다.

당장이라도 손을 떼면 토착민들의 왕은 움직임을 멈추고 다시 석상으로 돌아갈 것이었다.

하지만 신혁돈은 손을 뗄 수 없었다.

—복수할 힘을 다오.

—내 동족을, 나를, 나의 가족을 죽인 이들을 복수하게 해 다오.

—제발 나를 놓지 마시오.

신혁돈의 머릿속에 끊임없이 울리는 목소리. 그리고 그 안에 담긴 감정이 계속해서 그의 결정을 방해했다.

당장에라도 손을 떼고 달려 나가 길드원들을 살리는 게 맞다.

이성이 그렇게 말하고 있다.

하지만 가슴속 무언가가 이 괴물에게 복수할 힘을 주라고, 그의 복수를 지켜보자고 말하고 있었다.

신혁돈 몸속의 에르그 에너지는 그의 감정처럼 들끓으며 왕의 몸을 깨우고 있었다. 이대로라면 왕은 깨어난다. 그의 이성이 아닌 무언가에 의해서.

결정을 내리지 못한 채 혼란스러운 눈으로 그것을 바라보고 있던 신혁돈이 눈을 꾹 감았다가 뜨며 물었다.

"나에겐 무얼 줄 건데?"

그 순간 머릿속에서 울리던 목소리가 멎었다. 신혁돈은 천천히 손을 떼려 시도했다. 그때.

─그대가 모르는 것.

"뭐?"

─그대가 아는 것. 모든 것을 주겠소. 당신의 손이, 그리고 발이 되겠소.

신혁돈의 입가에 미소가 번졌고 가슴속 목소리도 이성도 모두 잠잠해졌다. 신혁돈의 몸속에서 들끓던 에르그 에너지조차도 고요해진 그 순간.

"그렇게 하지."

신혁돈의 에르그 에너지가 마치 새하얀 빛처럼 형상화되며 왕의 몸속으로 흘러 들어갔다.

[히든 퀘스트가 발생했습니다.]
[히든 퀘스트 ─ '놈의 왕 바르칸티'를 수락하시겠습니까?]

고민할 것이 있나.

신혁돈은 자신의 몸에서 빠져나가는 에르그 에너지를 느끼며 천천히 고개를 끄덕였다.

*   *   *

윤태수 팀 외의 두 팀 또한 고전을 면치 못하고 있었다.

백종화와 김민희 그리고 홍서현으로 이루어진 팀은 근거리에서 버틸 수 있는 이가 김민희밖에 없었다. 때문에 김민희가 앞장섰고 백종화가 뒤에서 공격을 퍼붓는 방식으로 전투를 펼쳤다.

김민희가 아엘로의 창을 움직이며 괴물의 시선을 끌고 공격을 받아내는 사이 백종화가 공격을 퍼붓고 홍서현이 버프를 주는 방식은 고전적이었지만 훌륭히 먹혀들었다.

문제는 거상 엘 코로스의 공격을 막아낼 수 있을 것이라 생각한 것.

당하기만 하던 거상 엘 코로스가 놀덩어리를 뽑기 시삭한 순간.

"제가 버틸게요!"

김민희가 방패와 함께 앞장섰다. 그러나 첫 번째 돌덩이를 막아낸 순간 방패를 놓쳐 버렸다.

"배리어!"

당황한 백종화가 다급히 배리어를 펼쳤지만 말 그대로 다급히 펼쳐진 배리어는 돌덩어리에 담긴 힘을 막아낼 수 없었다.

쨍강!

퍼억!

콰앙!

유리가 깨지는 듯한 소리와 함께 김민희의 위로 돌덩어리가 처박혔다.

"민희야!"

"피해요!"

"배리어!"

피떡이 된 김민희를 걱정할 새도 없이 백종화는 자신의 안위를 걱정해야 했다. 배리어를 이용해 자신에게 날아드는 돌덩어리를 간신히 막아낸 백종화는 곧바로 언령을 사용했다.

"디그! 배리어!"

땅속으로 들어간 뒤 머리 위로 배리어를 만든 백종화는 홍서현을 바라보며 말했다.

"괜찮습니까?"

"예."

홍서현이 대답하자 백종화는 마른세수를 하며 긴 한숨을 내쉬었다.

멍청했다.

상대의 공격력도 제대로 파악하지 못한 상황에 대놓고 방어를 시키다니. 방어를 담당한 게 김민희가 아니라 다른 길드원이었다면 그대로 죽음을 맞이했을 것이었다.

백종화가 자책하는 것을 보고 있던 홍서현은 그의 어깨를 두드려주며 말했다.

"민희는 괜찮을 거예요."

"…그렇겠죠."

흙 거인의 뒤에 몸을 숨긴 윤태수가 주변을 둘러보았다. 자신들이 상대하고 있던 거상 엘 코로스뿐만 아니라 다른 두 마리 모두 돌덩어리를 쏘아젖히고 있는 것이 보였다.

"다들 잘 피하고 있으려나."

"그렇겠죠. 아니, 그래야죠."

두 사람의 대화를 들은 윤태수는 이를 악문 뒤 말했다.

"셋 세고 출발합니다. 하나, 둘… 셋!"

타다닥!

거인의 몸을 돌아 나온 윤태수는 자신의 머리를 향해 날아오는 조그만 파편을 간신히 피한 뒤 증폭을 사용하며 달리기 시작했다.

돌덩어리에 스치는 순간 죽는다. 단 한 번의 실수로 죽는다. 항상 겪어오던 상황이었지만 전과는 조금 달랐다.

신혁돈이 없다.

그들의 뒤에 서서 항상 지켜주던 이가 지금은 없는 것이다.

그러니 소리를 지를 수밖에.

"으아아아!"

기괴한 비명을 지르며 달려 나간 윤태수는 무차별적으로 쏟아지는 돌덩어리를 요리조리 피하며 거상 엘 코로스의 몸을 향해 달리고 또 달렸다.

점프를 한다면 한 번에 도착할 수 있을 만한 거리였지만 아무리 윤태수라도 허공에서 방향을 바꿀 순 없다.

즉, 돌덩어리를 피할 수 없으니 땅을 박차고 뛰는 것이 유일한 방법이었고 이는 꽤나 훌륭하게 먹혀들고 있었다.

'앞으로 세 걸음!'

윤태수가 발을 내딛은 순간.

땅이 흔들렸다.

지금까지와는 다른, 마치 동굴이 무너질 듯한 지진에 윤태수는 발을 헛딛고 말았고 그와 동시에 몸을 숙이며 땅을 짚었다.

찰나에 가까운 순간 잃은 균형을 되찾은 윤태수는 곧바로 고개를 들어 하늘을 바라보았다.

'…어라?'

어느새 유성우에 비견할 정도로 어마어마했던 돌의 비가 멈추어 있었다. 대신, 거상 엘 코로스의 발바닥이 자신의 머리 위로 떨어져 내리고 있었다.

"으아아아!"

콰아앙!

당황한 윤태수는 앞으로 달려 나가던 자세 그대로 바닥을 굴렀지만 코트 자락이 거상 엘 코로스의 발에 밟히고 말았다.

윤태수는 보이지 않는 손에 목을 채인 것처럼 뒤로 넘어졌고 거상 엘 코로스의 다리에 머리를 부딪쳤다.

"끅!"

그 순간, 거상 엘 코로스가 허리를 숙이며 윤태수를 향해 손을 뻗었다.

옷을 벗을 시간은 없었다.

찌이익!

하지만 고르곤의 가죽으로 만든 길드복. 힘을 주어 찢는다고 찢어질 옷이 아니었다.

"으아! 씨발!"

거상 엘 코로스는 윤태수가 움직일 수 없다는 것을 깨닫고서 주먹으로 내려쳐 육포로 만들기보다는 손가락을 뻗어 윤태수를 쥐어 들었다.

아니, 쥐어 들려 했다.

놈의 왕, 바르칸티가 달려와 그의 목을 360도 돌려 버리지만 않았다면 분명 그리했을 것이다.

놈의 왕, 바르칸티는 자신의 배 정도 큰 엘 코로스의 목을 돌리는 것으로 모자라 뽑아버린 뒤 시체를 높이 들어 두 조각으로 찢어버렸다.

그러고는 거상 엘 코로스의 시체에서 흘러나오는 피를 받아 마시며 포효했다.

"크아아아아아아아!"

그 밑에서 시체에서 떨어지는 피와 바르칸티의 침이 섞인 액체를 맞고 있던 윤태수는 아무런 행동도 하지 못한 채 그저 입을 다물 수밖에 없었다.

제4장
다섯 개의 태양Ⅲ

5m 정도 되어 보이는 체구와 땅에 닿을 듯 긴 팔, 몸의 1/4을 차지하는 거대한 머리. 그리고 그 큰 머리를 지탱하기 위한 두꺼운 팔다리가 인상적인 괴물, 바르칸티는 시뻘건 눈을 번뜩이며 거상 엘 코로스를 찢어발기고 있었다.

　"으아아아아!"

　거상 엘 코로스 한 마리를 순식간에 죽여 버린 바르칸티는 웅혼하다는 말이 어울릴 정도의 포효를 내지른 뒤 나머지 거상 엘 코로스를 향해 달려갔다.

　쿵! 쿵! 쿵!

땅을 부술 듯 박차고 나간 바르칸티는 속도를 이용해 그대로 거상 엘 코로스를 들이받아 쓰러뜨렸다. 거상 엘 코로스는 손을 휘두르며 반격해 보았지만 바르칸티의 공격이 배 이상은 빨랐다.

삑! 삑! 삑!

"이런 미친… 저게 뭐야."

일어설 생각조차 하지 못한 채 두 괴물의 난투극을 보고 있던 윤태수가 낮게 읊조렸다.

"놈의 왕, 바르칸티."

윤태수는 뒤에서 들려온 익숙한 목소리에 고개를 돌렸고 그곳에 서 있는 신혁돈을 발견할 수 있었다.

"형님이 깨우신 겁니까?"

신혁돈은 고개를 까닥인 뒤 손가락으로 저 멀리 있는 길드원들을 가리키며 말했다.

"일단은 아군이니까 공격하지 말라 하고, 길드원 전부 이리로 모이라고 전해."

"예, 근데 왜 일단은, 입니까?"

"아직 모르겠으니까."

자기 할 말을 마친 신혁돈은 윤태수를 지나 바르칸티와 엘 코로스의 격전지를 향해 걸어갔다.

신혁돈이 한 걸음 한 걸음 내딛을 때마다 그의 몸에서는 불꽃과 번개가 높이 피어올랐으며 그가 열 발짝을 떼기도 전에 신혁돈은 거인의 모습이 되어 있었다.

"그러니까 왜 모르냐는 건데……."

그의 뒷모습을 보며 투덜거린 윤태수는 온몸을 적시고 있는 액체들을 대충 털어낸 뒤 길드원들을 향해 달려가기 시작했다.

거인의 모습이 된 신혁돈이 바르칸티에게 도착했을 때, 세 마리의 거상 엘 코로스는 원형을 알아볼 수 없을 정도로 갈기갈기 찢어진 상태였다.

그들에게서 시선을 뗀 신혁돈은 바르칸티를 바라보았고 그 또한 새빨간 눈으로 신혁돈을 바라보았다.

"바! 프토!"

아직까지 흥분이 가라앉지 않았는지 바르칸티는 발을 쿵쿵 구르며 소리를 질러댔다. 그의 말을 알아듣지 못한 신혁돈은 가라앉은 눈으로 그를 바라보며 말했다.

"약속을 지킬 차례다."

"마이타! 오로인!"

바르칸티는 신혁돈의 말을 알아듣는 듯 고개와 손을 격렬히 저으며 말을 이었다.

"오로인! 베라크 하이파케!"

그때, 어느새 신혁돈의 뒤로 다가온 윤태수가 말했다.

"복수가 먼저랍니다. 약속 또한 그렇다는데 말입니다."

바벨탑의 반지가 효능을 발휘해 바르칸티의 말을 해석한 것이다. 통역을 들은 신혁돈은 팔짱을 끼며 말했다.

"누구에게?"

"하이노로."

"저건… 이름 같은데 말입니다."

"이 차원의 신을 말하는 것인가?"

"오로인, 오 이!"

"그렇지만 아니랍니다."

"무슨 소리야?"

바르칸티는 쉽게 대답하지 않겠다는 듯 커다란 머리를 좌우로 흔들며 신혁돈과 눈을 맞추었고 신혁돈은 미간을 찌푸린 채 그의 시선을 받았다.

두 괴물이 기 싸움을 하는 사이, 윤태수는 자신이 바르칸티의 말을 알아듣고 통역하는 게 신기한지 바벨탑의 반지를 만지작거렸다.

그때 신혁돈이 먼저 말문을 열었다.

"네 동족들을 깨워야 하지 않나? 어차피 시간이 걸릴 터, 그동안 네가 아는 모든 것을 알려줘."

"오로인. 마 케레호 사이테케로……."

바르칸티의 말을 꽤나 길게 이어졌고 듣고 있던 윤태수가 동시통역을 시작했다.

"그럴 수 없다. 하이노로를 죽여야만 나의 종족이 깨어날 수 있다. 네가 원하는 정보는 언제든 줄 수 있다. 나를 깨워준 것에 감사한다. 하지만 복수가 먼저다, 랍니다."

"아니, 정보 먼저."

그의 담담한 거절에 바르칸티는 비죽 튀어나온 송곳니를 이죽이고 긴 팔로 땅을 두들기며 무어라 소리쳤다.

신혁돈은 기세에서 밀리지 않겠다는 듯 불과 벼락을 사방으로 내뿜으며 바르칸티와 대치했고 결국 바르칸티가 긴 팔을 이용해 땅에 주저앉으며 말했다.

"사이로… 시스템."

"…시스템에 대해 알고 있냐고 묻는데 말입니다."

"시스템? 그걸 네가 어떻게 알지?"

"시스템을 알고 있으면 이해하기 쉽겠군. '하이노로'는 시스템의 이름이네. 신이 아니지. 그리고 어떻게 알고 있냐라… 그 찢어 죽일 놈에게 당해 이렇게 되었는데 모를 수가 있겠나, 라고 합니다."

신혁돈 미간의 골이 깊어졌다.

'시스템'이란 가이아가 인류를 돕기 위해 만들어낸 권능을 뜻하는 단어다.

한데 이곳에도 존재하며 하이노로가 신이 아닌 시스템이라니?

그럼 가이아는 무엇이란 말인가?

신혁돈의 흔들리는 동공을 본 바르칸티는 주변에 있는 토굴들을 가리키며 말을 이었다.

"우리는 놈. 대지와 물의 종족이며 나는 이 차원의 수호자였네. 문제가 없는 것은 아니었지만 나름 평화롭게 살고 있었지. 한데… 문이 열렸네."

그가 말하는 문이란 지구에 나타난 차원문과 같은 것일 가능성이 높았다. 신혁돈이 이해했다는 듯 고개를 끄덕이자 바르칸티가 말을 이었다.

"그리고 '엘 코로스'들이 나왔네. 처음에는 우리가 우세했지. 하지만 문은 기하급수적으로 많아졌고 우리는 모두 막아낼 수 없었네. 그래서 우린 이곳, '테라네이'를 건설했고 기나긴 전쟁이 시작되었지."

바르칸티는 그때가 생각나는지 짧게 한숨을 내쉬며 주변을 둘러보았고 그사이 신혁돈이 말했다.

"네 종족의 역사를 알고 싶은 게 아니다. 그래서 시스템이 어쨌다는 거지?"

"성격이 급하군. 어디서부터 이야기를 할까… 그래, 테라네이를 건설하고 얼마 지나지 않아 새로운 힘을 얻는 놈들이 나타났네. 나도 개중 하나였고 말이야. 새로운 힘은 아주… 막 강했지. 그간 막기 급급하던 엘 코로스들을 단박에 해치워 버리고 테라네이 밖에 전진기지를 설치할 수 있을 정도였으니까 말이야."

똑같다.

지구에 차원문이 나타나고, 인류가 종말을 예견했을 때 각 성자가 나타나기 시작한 것과 너무나 똑같은 패턴이다.

"우리는 테라네이를 나와 더욱 많은 전진기지를 건설하면서 영역을 넓혀가며 문을 파괴했지. 하지만 이런 꼴이 되고 말았다."

그는 자조 섞인 웃음과 같은 괴로운 표정을 지으며 말을 이었다.

"그건 모두 하이노로의 계략이었네. 우리에게 힘을 준 것도, 엘 코로스들을 불러온 것도 모두 하이노로였네. 그 시스템이라는 더러운 것의 짓거리였던 거야. 우리는 시스템의 손아귀에서 놀아난 거였던 게지."

"…무슨 소리지?"

바르칸티의 붉었던 눈은 어느새 공동의 어두움을 닮은 새카만 색으로 변해 있었다. 흰자 대신 검은 동공으로 가득 채워진 눈은 무슨 생각을 하는지, 어디를 보고 있는지조차 알기 힘들었다.

대신, 그의 고개 방향으로 바르칸티가 신혁돈을 바라보고 있다는 것을 알 수 있었다.

"말 그대로일세. 나머지는 자네 눈으로 직접 보는 게 어떻겠는가?"

그는 더 이상 말을 하지 않겠다는 듯 사람 둘은 들어갈 만한 입을 꾹 다물었다.

윤태수의 번역을 통해 모든 대화를 들은 길드원들은 물론이거니와 신혁돈의 눈 또한 초점을 잡지 못한 채 허공에 시선을 던지고 있었다.

인간과 똑같은 수순을 밟은 종족 놈.

그들의 미래는 파멸이었다.

그리고 파멸당한 놈의 우두머리가 '시스템의 손아귀에서 놀아났다'고 이야기하는 이유.

굳이 그의 입으로 듣지 않더라도 어떤 일인지 충분히 짐작이 갔다.

하지만 믿을 수 없었다.

그렇기에 바르칸티 또한 직접 눈으로 보고 판단하라 말한 것이겠지.

"…그러지."

신혁돈이 고개를 무겁게 끄덕이자 바르칸티는 그럴 줄 알았다는 듯 자리에서 일어서며 말했다.

"잠시 시간 좀 주게나, 랍니다."

바르칸티는 신혁돈에게 통보와도 같은 말을 남긴 채 토굴로 걸어가 몸을 낮춘 뒤 토굴 안을 바라보았다.

그는 그렇게 모든 토굴을 돌아보았다. 그사이 패러독스는 거상 엘 코로스의 시체에서 나온 에르그 코어를 챙기고 신혁돈은 그들의 에르그 기관을 섭취했다.

한 것 없는 도시락은 눈치가 보이는지 조심조심 뜯어먹다가 길드원들이 자신을 신경 쓰지 않는 것을 깨닫고서 평소처럼 게걸스럽게 고기를 뜯기 시작했다.

각자 정비를 마치고 한곳에 모여 바르칸티를 기다리는 도중, 그들의 사이에는 침묵이 무겁게 가라앉아 있었다.

그 침묵을 깬 사람은 김민희였다.

그녀는 입술을 오물거리다가 홍서현을 힐끗 바라본 뒤 말문을 열었다.

"바르칸티의 말이 사실일까요?"

그녀의 말을 받은 이는 그녀가 제일 피하고 싶던 상대, 홍서현이었다.

"아직 확실한 건 없어요. 바르칸티가 말한 시스템, 하이노로가 가이아 님과 같을 가능성이 얼마나 되는지도 모르고요."

"맞아. 우리의 눈으로 직접 보고 판단하지. 아직 판단하긴 일러."

의외로 담담한 홍서현의 말을 지지한 것은 백종화였다.

"그리고, 서현 씨 말대로 가이아는 다를… 지도 모르니까."

백종화의 말이 끝나자 다시 침묵이 감돌았고 이번에 침묵을 깬 이는 고준영이었다. 그는 짝짝, 하고 박수를 치며 일어섰다.

"자자, 어차피 끝을 봐야 알 수 있는 거 아닙니까? 지금 생각해 봤자 혼란만 가중될 뿐 아무런 답이 나오지 않습니다. 그럴 바에야 일단은 잊고 눈앞의 적에 집중하는 게 어떻겠습니까?"

그의 말에 윤태수가 헛웃음을 흘리며 고개를 끄덕였고 이내 길드원들 또한 동조하는 듯 천천히 고개를 끄덕였다.

"오랜만에 옳은 소리 하네."

"전 항상 옳은 소리만 하지 말입니다."

"그래, 세상이 너를 알아주질 않아 얼마나 슬프니."

"아, 드디어 형님도 제 진가를 알아주시는 겁니까!"

"…말을 말아야지."

윤태수와 고준영이 만담을 나누는 사이 바르칸티가 마치 고릴라처럼 쿵쿵거리며 길드원들에게 다가왔다.

"오래 기다렸네."

"알면 빨리 가지. 입구는 어디지?"

이제부터는 길 걱정을 할 필요가 없어졌다.

패러독스가 들어와 있는 지저 세계. 즉, 테라네이를 만든 이가 놈이었고 그들의 수장인 바르칸티가 그들과 함께하는데 무엇이 걱정이겠는가.

바르칸티는 자연스럽게 앞장서며 그들을 안내했다. 길드원들은 거대한 고릴라의 엉덩이가 씰룩거리는 것을 보며 좋지만은 않은 기분으로 그를 따라 이동했다.

                    *   *   *

바르칸티 네 마리 정도가 어깨를 붙이고 이리저리 뛰며 통과해도 될 정도로 거대한 문이 그들의 눈앞에 펼쳐져 있었다.

문과의 거리는 1㎞.

바르칸티가 멈추어 서며 말했다.

"내성으로 향하는 입구는 저길세."

"점점 커지네."

"그러게."

길드원들이 저 멀리 보이는 문을 살피는 사이 신혁돈이 바르칸티의 옆에 서며 질문을 던졌다. 윤태수는 자연스럽게 괴물과 사람 사이에 서서 통역을 시작했다.

"왜 여기 선 거지?"

"문지기가 있네."

"그게 문제가 되나?"

"내성 문을 지키고 있는 엘 코로스는 나조차 승리를 장담할 수 없을 정도로 강하네."

"그래서?"

"…무슨 말을 하고 싶은 겐가?"

"강하면 넘지 않을 생각인가?"

"그건 아니네만……."

"아까 그렇게 불타오르던 복수심은 고작 엘 코로스 세 마리를 잡는 걸로 모두 사라졌나 보지?"

그 순간.

새카맣던 바르칸티의 눈이 다시 한 번 새빨갛게 달아올랐다. 그는 분노를 참지 못하는 듯 기다란 팔로 땅을 마구 내려친 뒤 씩씩거리며 말했다.

"오로인!"

"아니랍니다."

"그럼 지금, 여기서 뭘 하고 있는 거지? 네가 죽여야 할, 너의 동족들을 죽인 놈이 저기 떡하니 서 있는데."

바르칸티는 입술 사이로 툭 튀어나온 송곳니를 이죽거리며 신혁돈에게 얼굴을 들이밀었다. 그의 얼굴만 한 키의 신혁돈은 피하지 않고 그와 눈을 마주했다.

바르칸티는 신혁돈을 잡아먹기라도 할 듯 크게 입을 벌린 뒤 말했다.

"카테! 오로메 케렙."

그의 말이 끝나자 윤태수가 헛웃음을 흘린 뒤 새빨간 눈의 바르칸티를 바라보며 말했다.

"알았으니 도와달랍니다."

"그러지."

신혁돈이 대답한 순간 바르칸티가 뒤로 물러섰고 신혁돈은 다시 한 번 강신을 사용했다.

불과 번개를 내뿜는 무기를 휘두르는 거인, 그리고 5m에 달하는 팔을 채찍처럼 휘두르며 산이라도 씹어 먹을 수 있을 것 같은 거대한 이빨을 들이미는 가진 괴물.

거인과 괴물의 합공에 지금껏 봐온 어떠한 엘 코로스보다 밝은 빛을 발하던 호랑이가 바닥에 몸을 뉘였다.

"자네는 정말 강하군."

전투가 끝났음에도 아직까지 벌건 눈을 하고 있는 바르칸티가 거대한 송곳니 사이로 침을 질질 흘리며 말했다. 신혁돈은 그에 대한 대답 대신 질문을 던졌다.

"엘 코로스의 문신은 무슨 의미가 있는 거지?"

"자네가 가진 힘과 같은 종류지. 자네가 몸 안에 힘을 쌓는다면, 엘 코로스, 그리고 놈들은 몸 밖에 힘을 쌓네. 강하면 강할수록 더 강한 빛을 발하지."

그때, 가만히 듣고 있던 이서윤이 바르칸티에게 다가서며 물었다.

"놈이라 하면… 당신은 왜 빛의 문신이 없죠?"

"빛의 문신은 하이노로. 즉, 시스템이 내게 준 힘이었네. 나를 자연으로 되돌리며 힘을 회수해 가는 건 당연한 것이었지."

"그럼 빛의 문신이 있을 때의 당신은 더욱 강력했겠네요?"

"말해 무엇하겠는가."

회한인지, 그리움인지 모를 감정이 담긴 말의 여운이 감돌 때, 신혁돈이 물었다.

"그러고 보니 넌 왜 살아 있는 거지?"

"무슨 뜻인가?"

"네가 자연으로 되돌린다 말했는데, 그건 죽음을 뜻하는 게 아닌가?"

"놈은 타의로 죽지 않네. 우리는 대지와 물의 종족. 그들이 죽음에 이르는 것이 상상이 되나?"

뜬금없는 신선놀음에 신혁돈의 미간이 찌푸려졌다.

"자의로만 죽을 수 있다는 건가?"

"비슷하네. 죽는다기보다는 자연으로 되돌아가는 거라 볼 수 있지. 우리가 자연으로 돌아가게 되면 대지는 우리가 삶 동안 쌓아온……."

그의 말이 길어지는 듯하자 신혁돈이 손을 휘휘 저으며 말을 끊은 뒤 물었다.

"어쨌거나 타의로 인해 자연으로 돌아갔기 때문에 되살아날 수 있다?"

바르칸티는 언짢은 표정이었지만 티를 내지 않고 답했다.

"그렇다네."

"그리고 그 힘을 하이노로가 가지고 있기 때문에 부활할 수 없는 것이고?"

"정확하게 이해했군. 내가 원하는 것이 바로 그것일세. 하이노로가 착취해 간 모든 대지의 힘을 해방시키는 것. 그러면 나의, 우리의 세계도 다시 살아날 것이며 놈 또한 다시 땅의 숨결을 쉴 수 있을 걸세."

"그리고 내가 원하는 모든 것을 들어주겠다?"

"내가 할 수 있는 모든 것을 해주겠네."

신혁돈이 고개를 끄덕이며 시선을 거두자 바르칸티 또한 고개를 돌려 이서윤을 바라보았다.

"더 궁금한 게 있소?"

"그 빛의 문신이라는 거, 어떤 방식으로 운용되는 건지 알 수 있을까요?"

윤태수를 통해 이서윤의 말을 들은 바르칸티는 이해를 하지 못한 듯 이서윤을 바라보며 물었다.

"운용이라… 그대는 그대가 가진 힘을 규명할 수 있소?"

"그럼요. 인간이 가진 에르그 에너지는 심장에 있는 에르그 기관을 토대로……."

바르칸티와 이서윤의 토론이 길어지는 때, 신혁돈은 방금 처치한 문지기에게 다가가 심장을 꺼내 들었다.

그러자 도시락이 가장 맛있는 부분을 꺼낸 우두머리가 떠나길 기다리는 2인자처럼 입맛을 다시며 다가왔다.

"한 게 뭐 있다고 고기를 탐내?"

"깍깍!"

"뭐라는 건데."

도시락은 답답하다는 듯 몇 번을 더 깍깍거린 뒤 인간의 모습으로 변해선 신혁돈에게 말했다.

"비축!"

"허, 뭐?"

너무나 당당한 모습에 헛웃음을 흘린 신혁돈이 되묻자 어린아이의 모습을 한 도시락이 허리에 양손을 얹으며 답했다.

"만날 밥도 안 주고 죽도록 굴리면서! 이럴 때 아니면 언제 먹어. 만날 짐승들이 먹는 사료나 먹이면서……."

도시락은 신혁돈과 눈을 맞춘 뒤 소리를 지르며 시작했지만 끝은 모기 소리만 하게 마무리되었다.

"짐승 맞잖아."

"……"

도시락은 어느새 시선을 내리깐 채 양손을 모으고 입을 우물거리고 있었다. 평소에 억울한 것들이 쌓인 모양인데, 신혁돈이 생각하기에 그가 도시락에게 못해준 것은 없었다.

신혁돈은 몰맨의 손톱을 뽑아 심장을 갈라서 에르그 기관을 꺼내며 도시락의 앞에 섰다.

"애초에 이름부터 도시락인 놈을 여기까지 키워줬으면 목숨을 다해 감사해야지. 그렇지?"

"…네."

"고기 먹기 싫어?"

"아니요."

"그럼 잘해."

"네……"

고개를 숙이고 있던 도시락은 신혁돈이 자신을 지나치자마자 언제 풀이 죽었냐는 듯 헤벌레 해서는 원래의 모습으로 돌아가 신나게 고기를 뜯기 시작했다.

"저 새대가리 놈……"

문지기의 에르그 기관을 꺼내 든 신혁돈은 적당한 자리에 앉아 눈을 감은 뒤 에르그 기관을 섭취함과 동시에 영혼 포식을 발동시켰다.

*   *   *

눈을 뜬 신혁돈은 머릿속에 떠돌아다니는 기억의 파편들을 정리할 새도 없이 눈앞의 광경에 집중했다.

"움직이지 좀 말라고 해봐요."

"간지러워서 그게 잘 안 된답니다."

"아니, 전쟁은 어떻게 했대?"

이서윤은 허공에 둥둥 뜬 채 이리저리 돌아다니며 바르칸티의 몸에 문신을 새기고 있었다. 바르칸티는 자신의 손톱보다 조그만 칼이 몸 구석구석을 누비는 것을 참지 못하고 꿈틀거리고 있었고.

그때, 신혁돈이 눈을 뜬 것을 발견한 김민희가 그에게 다가왔다. 그녀의 옷에는 거상 엘 코로스와의 전투 흔적이 고스란히 보였다.

고르곤의 가죽으로 만든 옷이기에 돌덩어리 따위에 뚫리진 않았지만 그녀가 압사당할 때의 흔적은 그대로 남아 있었다.

먼저 무엇을 하는 거냐고 물으려던 신혁돈은 김민희를 보고선 말을 돌렸다.

"몸은 괜찮나?"

"제가 또 건강한 거 빼면 시체잖아요."

"그렇지."

"…그렇게 빨리 인정해 주시면 좀 그런데."

김민희가 짧게 웃는 사이 신혁돈은 그녀를 위아래로 훑으며 말했다.

"시간도 남는데 안 씻고 뭐했어?"

"예?"

"종화한테 물이라도 한 바가지 부어달라 하던가."

김민희는 진짜 모르겠다는 듯 자신의 몸을 훑어보았고 그제야 여기저기 붙어 있는 살점과 뼛조각을 발견했다.

"…세상에나. 왜 아무도 말을 안 해준 거야?"

김민희가 백종화에게 달려간 사이, 신혁돈은 윤태수에게 다가가 물었다.

"뭐하는 거야?"

"'바르칸티의 몸에 새겨진 문신도 패턴의 일종이며 마법진이니 운용 방식을 알아두면 적을 제압하는 데는 물론이거니와 우리가 강해지는 데도 일조할 수 있을 가능성이 크다'랍니다."

"…이서윤이 그래?"

"예. 뭐 건진 건 좀 있으십니까?"

신혁돈은 고개를 끄덕이며 허공에 떠 있는 이서윤과 그녀를 날게 해주고 있는 백종화를 한 번씩 바라본 뒤 말했다.

"쟤네 둘 빼고 다 모이라고 해."

곧 두 명을 제외한 길드원들이 신혁돈의 앞에 모였고 신혁돈은 영혼 포식을 통해 알아낸 정보에 대해 이야기를 시작했다.

"내성은 탑처럼 이루어져 있다. 엘 코로스에 대한 정보는 없는데, 내성인 만큼 강한 놈들이 지키고 있을 가능성이 높지만 탑 자체가 넓지 않으니 방금처럼 거대한 놈들은 나타나지 않을 거다."

그의 말이 끝나자 고준영이 손을 들고 물었다.

"탑의 꼭대기에는 그… 시스템? 인가 뭔가 하는 놈이 있는 겁니까?"

"그렇지."

"그 문 앞을 지키고 있는 마지막 문지기가 있을 거고 말입니다."

신혁돈이 고개를 끄덕이자 홍서현이 말을 받았다.

"여기가 첫 번째 세계라고 했는데 두 번째 세계에 대한 단서는 없었어?"

"없다. 다섯 개의 태양에 대한 것도 없는 걸 봐서는 테스카틀리포카를 처치한 후 영혼 포식을 사용하는 게 빠를 거 같다."

신혁돈의 말에 길드원들이 고개를 끄덕이는 사이 윤태수가
물었다.

"작전은 있으십니까?"

"저거."

신혁돈은 턱짓으로 바르칸티를 가리켰고 길드원들의 눈에
는 의문부호가 떠올랐다.

신혁돈의 질문을 들은 바르칸티는 긴 팔을 힘들게 접어 자
신의 어금니를 만지작거리며 답했다.

"탑의 외부에서 침입이 가능하냐라… 결론부터 말하자면
불가능하네. 탑 외부 전체가 땅속에 묻혀 있는 구조기 때문
에 땅을 파면서 이동하지 않는 이상 외벽으로의 접근 자체가
불가능하네. 물론 접근한다 해도 탑의 벽을 뚫는 것 또한 문
제일세. 놈의 기술력과 빛의 문신이 새겨진 탑의 외벽을 뚫는
것은 어지간한 위력으로는 힘들 테니."

그의 설명을 들은 신혁돈은 그럴 줄 알았다는 듯 천천히
고개를 끄덕인 뒤 말했다.

"그래서 가능하게 하기 위한 방법은?"

"없네."

"저 탑이 땅속에 있는 건 당신 입으로 말했으니 잘 알겠지.
그럼 말이야. 우리가 저 탑 속에 들어가서 다 죽였다고 가정

하지. 하이노로까지 말이야. 그런데, 하이노로가 마지막 발악으로 탑을 무너뜨렸어. 그럼 어떻게 될까?"

바르칸티는 긴 손가락으로 자신의 털 하나 없는 머리통을 벅벅 긁더니 답했다.

"위험하지 않겠나."

"위험한 게 아니라 죽는다. 너야 하이노로가 죽는 것만으로 동족을 부활시킬 수 있으니 상관없겠지만 우리는 우리의 차원을 지키러 돌아가야 하는 입장이란 말이지."

"…무슨 말인지 알겠네."

"그래? 그럼 대화가 편하겠군. 저 탑을 만들 때 당신도 참가했나?"

신혁돈의 물음에 바르칸티는 고릴라처럼 자신의 가슴을 두드리며 자신에 찬 목소리로 답했다.

"그럼! 테라네이 전체는 나의 작품일세."

"저 성벽은?"

"그것 또한 테라네이의 일부, 테라네이 안의 건축물 중 나의 손길이 닿지 않은 곳은 없다고 봐도 무방하네!"

"그런데 부수는 방법은 모른다?"

"테라네이는 어떠한 상황에서도 부서지지 않는 요새일세. 자네가 '무너진다'는 가정을 했기에 그렇게 대답한 것이지만 아무리 하이노로라 한들 '마지막 탑'을 부술 순 없을 걸세."

그의 확신에 찬 대답에 신혁돈은 헛웃음을 흘렸다.

"자신 있나?"

"그럼!"

"저 성벽 또한?"

신혁돈은 손을 뻗어 샛노랗게 빛나고 있는 성벽을 가리켰고 바르칸티는 대차게 고개를 끄덕였다.

"방금 말했지 않는가. 테라네이는 전부 나의 손을 거친 것. 절대 부서질 일이 없을 걸세."

윤태수의 통역이 끝난 순간.

신혁돈의 입가에 미소가 깃들었다.

"그럼 내가 부수면, 당신은 우리를 저 탑 꼭대기로 올려줄 방법을 만들어낼 수 있겠군."

바르칸티는 멍한 얼굴이 되었다가 신혁돈과 비슷한 미소를 지으며 답했다.

"불가능이 가능해지는 순간, 세상의 모든 불가능은 사라지는 법이지."

"그래."

말을 마친 순간, 신혁돈은 여전히 웃는 얼굴로 성벽을 향해 걸어갔다. 그의 뒤에서 대화를 듣고 있던 길드원들은 멍한 얼굴로 신혁돈의 뒷모습을 보며 말했다.

"진짜 부술 수 있을까?"

"글쎄, 형님이 부순다 말했으니 부수지 않겠냐."

고준영과 윤태수가 대화했고 그들의 대화를 듣고 있던 백종화가 피식 웃음을 흘리며 답했다.

"오랜만에 내기 한번 할까?"

"어떻게 말입니까?"

"부순다, 못 부순다."

백종화의 대답에 윤태수가 '에이~' 하고 고개를 젓더니 한 걸음 앞으로 나와 뒤로 돌며 말했다.

"어차피 다 부순다에 걸 텐데 그게 무슨 효과가 있겠습니까. 차라리 분으로 하지 말입니다."

"그거 괜찮은 생각인 것 같은데 말입니다. 전 5분에 걸겠습니다."

"뭘 걸지?"

길드원들이 내기를 하는 사이, 그 광경을 보고 있던 바르칸 티가 헛웃음을 흘렸다.

"부술 수 있다고? 내가 만든 장벽을?"

*　　　　*　　　　*

신혁돈은 장벽을 향해 걷기 시작했고, 그와 동시의 그의 몸에서 불꽃과 번개가 피어올랐다.

그의 발자취에는 스파크가 튀는 불꽃이 남았고 그가 한 걸음 내딛을 때마다 덩치는 거의 배로 커지고 있었다.

"언제 봐도 멋있긴 하단 말이야."

"그러게 말입니다. 우리도 아이템 하나 얻어서 신 하나씩 강신시키지 말입니다."

신혁돈을 보며 감탄하고 있던 윤태수는 고준영의 말을 듣고서 자연스럽게 이서윤에게 시선을 돌렸다. 이서윤은 미간을 찌푸렸다.

"내가 지니야?"

"아니, 내가 뭐라 했나."

두 사람이 티격대는 사이 신혁돈은 번개에 휩싸인 불꽃의 거인이 되어 장벽의 앞에 도착했다.

네 팔에 세 가지 무기를 들고 있는 원래의 모습이 아닌, 네 개의 팔로 거대한 언월도 하나를 든 그는 정신을 집중하는 듯 장벽의 앞에 멈추어 섰다. 그 모습에 길드원들 사이에도 침묵이 찾아왔다.

그 순간.

후우우우웅!

길드원 주변을 감싸고 있던 모든 에르그 에너지가 신혁돈에게로 몰렸고 엄청난 양의 에르그 에너지가 실체화되며 육안으로 볼 수 있을 정도가 되었다.

"…저게 뭐야."

새파란 에르그 에너지는 날개의 모양을 띠며 신혁돈의 등으로 흘러들어 갔고 에르그 에너지의 양이 많아질수록 거인이 들고 있는 언월도가 뿜는 빛은 밝아졌다.

빠직! 빠지직!

번개와 불꽃.

두 가지가 모두 한계에 이른 듯 새하얗게 발광하다 못해 공간을 삼켜 버릴 듯 빛난 순간 언월도가 장벽을 내리찍었다.

꾸웅!

콰아아아아아아!

느릿한 듯 보이는 움직임과 산이 무너지는 듯한 굉음이 터졌고 그와 동시에 어마어마한 충격파가 길드원들을 덮쳤다.

갑자기 일어난 흙먼지에 눈을 찌푸렸던 길드원들은 방벽의 상태를 살피기 위해 재빨리 눈을 떴다.

"뭐야?"

"흠집도 없는데?"

그들의 말대로 거인의 언월도로 내려친 방벽은 흠집 하나 없이 멀쩡했다.

길드원들이 자신의 눈을 의심하고 있는 사이, 신혁돈은 자신의 할 일을 모두 마쳤다는 듯 강신을 해제한 뒤 길드원들을 향해 걸어 돌아오기 시작했다.

그 모습이 마치 실패한 사람의 모습 같아. 길드원들의 눈에 실망이 깃든 순간.

"크하하하하하! 칸토 에렌티나!"

쿵쿵쿵!

그 모습을 본 바르칸티가 긴 팔로 땅을 두들기며 파안대소를 터트렸다. 굳이 윤태수가 통역을 해주지 않더라도 무슨 뜻인지 알 만한 상황.

바르칸티는 자신의 자존심을 지켰다는 것에 신이 나는지 침까지 튀겨가며 웃었고 계속해서 땅을 두드렸다.

그때.

"어?"

"…어?"

웃고 있는 바르칸티가 꼴 보기 싫어 장벽을 바라보고 있던 길드원들의 눈이 장벽에 새겨진 빛의 문신이 점멸하는 것을 발견했다.

"저거 원래 반짝였나?"

"아뇨… 항상 밝았는데."

아직 상황 파악이 되지 않은 바르칸티는 여전히 쿵쿵거리며 웃고 있었고, 그가 땅을 두들길 때마다 장벽에 새겨진 빛의 문신이 점멸하는 것이 빨라졌다.

"바르칸티?"

"크흐흐흐. 오이?"

바르칸티는 윤태수의 목소리에 웃음을 멈추고 그를 바라보았고 윤태수가 손가락으로 어딘가를 가리키고 있는 것을 발견했다.

그의 손끝은 장벽을 가리키고 있었고, 바르칸티가 여전히 웃음을 띤 채 장벽을 바라본 순간.

"마… 마즈."

거인의 언월도가 떨어졌던 곳의 빛의 문신이 빛을 잃고 사라졌다. 그와 동시에 전원을 내리기라도 한 듯 테라네이 전체를 밝히고 있던 빛의 문신이 모두 빛을 잃고 사라졌다.

"마즈……."

빛이 사라지자 백종화는 곧바로 빛 덩어리를 만들어 허공으로 쏘아 올리며 윤태수에게 물었다.

"바르칸티가 뭐라는 거야?"

"거짓말이라는데 말입니다"

바르칸티는 인정할 수 없다는 듯 벌떡 일어서서 기다란 팔로 땅을 후려치며 '마즈!'라 외쳤고 그와 동시에 지축이 무너지기라도 한 듯 테라네이 전체가 진동하기 시작했다.

구르릉!

쿠르르르릉!

콰콰쾅!

방벽이 무너지기 시작한 것이다.

그사이, 돌아온 신혁돈은 바르칸티의 앞에 섰다. 그러고는 믿을 수 없다는 듯 검은 눈을 이리저리 돌리며 무너지는 방벽을 바라보고 있는 괴물에게 말했다.

"약속을 지켜라."

말을 마친 신혁돈은 뒷목을 주무르며 '피곤하군'이라는 말을 남긴 뒤 구석에 앉아 있는 도시락의 날개에 기대 앉아 눈을 감았다.

방벽은 마치 도미노처럼 우르르 무너져 내렸고 그로 인한 지진이 10분이 넘게 이어졌다.

"도대체 얼마나 긴 거야."

눈에 보이는 구간은 전부 무너져 먼지만 피워 올리고 있음에도 계속해서 방벽이 무너지는 소리가 들려오고 있었다.

괜한 자존심을 부리다 장벽과 자존심, 둘 다 잃은 바르칸티는 소와 외양간 모두를 잃은 농부의 얼굴이 되어 멍하니 앉아 피어오르는 먼지를 바라보고 있었다.

지켜보고 있으면 방벽이 무너졌다는 현실이 꿈이 되기라도 하는 듯 말이다.

잠깐 휴식을 취한 신혁돈이 다시 눈을 떴을 때, 바르칸티는 다시 활기찬 모습을 하고 있었다.

그는 고릴라처럼 두 팔과 다리를 이용해 이리저리 뛰어다니며 벽을 두들기고 바닥을 파보았으며 흙을 맛보곤 했다.

"저거 왜 저래?"

"방법을 찾는답니다."

"탑으로 들어갈?"

"그렇겠지 말입니다."

윤태수의 대답에 고개를 끄덕인 신혁돈은 다시 도시락의 날개에 기대 앉아 눈을 감았다. 지금 당장 자신이 할 수 있는 것 중 최선은 에너지를 비축해 두는 것이기 때문이다.

눈을 감은 지 얼마나 지났을까, 윤태수가 그를 불렀다.

"형님?"

"음."

"방법을 찾았답니다."

신혁돈은 고개를 끄덕인 뒤 자리에서 일어섰고 그의 침대가 되어주고 있던 도시락은 그가 일어섬과 동시에 벌떡 일어서며 날개를 이리저리 휘저었다.

몇 시간 동안 가만히 앉아 침대 노릇을 하고 있던 것에 적잖이 좀이 쑤셨던 모양이다.

그 모습에 헛웃음을 흘리며 신혁돈과 윤태수가 바르칸티의 앞에 도착했고 땅에 그려진 그림을 볼 수 있었다.

그림을 들여다보았지만 작전에 대해 꽤나 긴 토론을 한 모양인지 너무 엉망이 되어 알아볼 수 없었다. 신혁돈은 바르칸티의 얼굴을 바라보았다.

"흠흠… 에, 에스카라네 바로이 토……."

그는 목청을 가다듬은 뒤 설명을 시작했고 윤태수가 통역을 해주었다. 꽤나 긴 내용이었지만 정리하자면 간단했다.

"그러니까 밖으로 나가서 위에서 뚫고 최상층으로 진입한다?"

"이!"

굳이 해석을 듣지 않아도 고개를 끄덕이는 모양새로 뜻을 파악할 수 있었기에 신혁돈은 곧바로 물었다.

"최상층에 도달할 때까지 흙을 파는 건?"

"자기가 하겠답니다."

"벽을 부수는 건?"

"방벽을 부술 정도의 힘이라면 형님이 하실 수 있을 거랍니다."

"그럼 마지막 전투는 누가 할 건데?"

바르칸티는 대답 대신 길드원들을 바라보았다.

"…다시 짜라."

말을 마친 신혁돈은 그대로 뒤로 돌아 도시락에게로 걸어갔다. 홰를 치고 있던 도시락은 별수 없이 다시 침대 노릇을 하게 되었다.

바르칸티는 그의 등에 대고 무어라 무어라 했으나 신혁돈은 귓등으로도 듣지 않은 채 도시락에 기대 누워 눈을 감았다.

"형님?"

"어."

"이번엔 확실합니다."

눈을 뜬 신혁돈은 누운 자세 그대로 윤태수의 얼굴을 바라보며 말했다.

"어째 네가 말하는 확신은 내가 아는 뜻과 좀 다른 것 같다."

"아닙니다. 진짭니다."

신혁돈은 의심이 가득 담긴 눈으로 그를 바라보았고, 윤태수는 자신을 믿으라는 듯 고개를 끄덕였다.

"그래. 설명해 봐."

이번에도 말을 길었으나 작전은 간단했다.

"최상층이 아니라, 그 아래로 들어간다라… 아까랑 뭐가 다르지?"

"일단 퇴각로를 만들어놓을 수 있고 형님의 힘을 비축할 수 있다는 점이 다릅니다."

"다른 적이 나오면?"

"저희와 바르칸티라면 충분할 겁니다."

윤태수의 자신만만한 태도에 신혁돈은 고개를 끄덕인 뒤
물었다.

"길을 뚫는 건?"

"예?"

"최상층 그 아래까지 뚫는 거 말이야."

"아, 그건 바르칸티가 알아서 할 겁니다. 놈의 기술력이라면
여기서부터 무너지지 않고 최상층 바로 아래까지 접근할 수
있는 터널을 뚫을 수 있을 거랍니다."

"기간은?"

"길면 엿새. 짧으면 나흘이랍니다."

"다 좋은데 마지막 하나만 바꾸자. 여기서 뚫지 않고 땅 위
로 올라가서 뚫고 내려오는 걸로."

"그럼 더 오래 걸릴 텐데 말입니다?"

"시간보다 안전이 우선이야. 네 말대로 해서 놈의 기술력을
믿었다가 터널이 무너지면?"

윤태수는 천천히 고개를 끄덕인 뒤 답했다.

"…알겠습니다. 그럼 지금 밖으로 나갑니까?"

"그렇게 하지."

윤태수는 신혁돈의 말을 길드원들과 바르칸티에게 전했고

곧 길드원들은 테리네이를 떠나 지상으로 향했다.

　제일 먼저 도시락과 신혁돈이, 그 뒤로 길드원들이 나왔고 마지막으로 바르칸티가 땅 위로 고개를 내밀었다.

　길드원들이 주변을 살피는 사이, 바르칸티는 구멍으로 나오자마자 무릎을 꿇고 앉아 땅에 입을 맞추었다.

　"하… 메로이네 한츠 케칸토……."

　"뭐래?"

　"다시 볼 수 없을 줄 알았답니다."

　바르칸티가 특유의 긴 팔을 휘적거리며 기도인지 제사인지 모를 것을 올리는 동안 윤태수와 이서윤은 구멍을 팔 위치를 찾기 위해 측량을 시작했고 길드원들은 그동안 묵을 레스트 포인트를 찾기 시작했다.

　도시락은 오랜만에 날개를 활짝 편 뒤 하늘로 날아올랐으며 신혁돈은 가만히 서서 그들의 행태를 바라보았다.

　이제는 신혁돈이 말을 하지 않더라도 각자의 역할을 찾아 움직인다.

　신혁돈이 만족스러운 얼굴로 그들을 바라보고 있는 사이, 자신만의 의식을 마친 바르칸티가 일어서 그에게 다가왔다.

　"모, 아이카시 레벤."

　"난 네 말 모른다."

"이. 오로 익세이즈 바르카."

신혁돈이 대답을 하든 말든 계속 떠들어대던 바르칸티는 측량을 마친 윤태수가 돌아올 때까지 계속되었다.

"얘 뭐라는 거야?"

"감사함을 표하고 있습니다."

"…나한테?"

"예."

"얼른 가서 땅이나 파라고 그래."

"넵."

바르칸티는 윤태수에게 끌려가면서도 고개만 돌려 신혁돈에게 무어라 말을 해댔고 신혁돈은 고개를 휘휘 저었다.

바르칸티가 그토록 이야기했던 '기술력'은 거짓이 아니었다.

그는 물과 흙, 그리고 손 세 가지를 이용해 거구인 도시락이 들어갈 수 있을 정도의 터널을 만들어내고 있었다.

단지 물에 흙을 붓고 손으로 주무르는 게 전부인데 벽이 만들어지고 기둥이 생겨났다. 걸음을 옮기는 것만으로 거리를 측량하고 흙을 맛보는 것만으로 물의 양을 조절하는 그의 능력은 경이에 가까웠다.

"자신할 만한 이유가 있었네."

"그러게 말입니다."

"놈들 다 부활하면 한국 데려가서 길드 아지트 새로 지어 달라 하는 건 어떻습니까?"

"서윤 씨 집을 아예 싹 밀고 새로 짓는 거지."

"그거 좋은 것 같습니다. 우리 공간도 좀 만들고, 거기서 지낼 때 개인 공간이 좀 모자란 느낌이 없잖아 있지 말입니다."

"그럼, 그럼."

"이 미친 인간들아, 누구 집을 마음대로 밀어!"

윤태수와 고준영의 대화를 듣고 있던 이서윤이 빽 소리를 질렀고 윤태수는 사람 좋은 미소를 지으며 답했다.

"서윤 씨, 공짜로 새로 지어준다는 데 누이 좋고 매부 좋은 거 아닙니까?"

"누가 해달래요?"

"어차피 공용으로 쓰는 거잖습니까"

"이제부터 못 쓰게 하면 되겠네. 호의가 계속되니 권리인 줄 알아요?"

윤태수와 고준영은 미안하다는 듯 고개를 숙였고 이서윤은 콧방귀를 뀌었다.

그런 사이에도 바르칸티는 계속해서 터널을 만들었고 일주일이 지났을 때.

"완성이다."

터널이 완공되었다.

                    *   *   *

　길이만 하더라도 몇백 미터가 넘는 터널이 완성되었다. 패러독스는 그 끝에서 장벽과 같은 굳건한 벽과 마주했다.

　"하이노로라는 놈이 멍청이가 아닌 이상 우리가 여길 뚫으려 한다는 사실을 알고 있겠지 말입니다."

　"그렇겠지."

　"그런데도 우릴 저지하지 않는 걸 보면 탑 밖으로 못 나오는 걸까요?"

　"아니면 자신이 있든가."

　탑의 벽 앞에 선 길드원들이 대화를 나누는 사이 신혁돈은 벽으로 다가가 손을 얹었다.

　벽에는 성벽에 새겨져 있는 것과 같은 빛의 문신이 새겨져 있었고 그것보다 밝게 노란빛을 뿌리고 있었다.

　"부술 수 있겠나?"

　손에 묻은 흙을 털고 있던 바르칸티가 물어왔고 신혁돈은 대답 대신 손을 거둔 뒤 뒤로 물러섰다.

　그러고는 강신을 사용했다.

　풍선에 바람을 넣듯 순식간에 불어난 신혁돈은 다시 한 번 언월도를 뽑아 들었고 그 모습을 보고 있던 길드원들은 뒤로 물러섰다.

그때, 이서윤이 앞으로 나서며 말했다.

"잠시만요."

어차피 에르그 에너지를 응축시킬 시간이 필요했기에 신혁돈은 그녀를 제지하지 않았고 이서윤은 벽에 다가가 살피기 시작했다.

곧 충분한 에르그 에너지를 모은 신혁돈이 밝게 빛나는 언월도를 머리 위로 올리며 말했다.

"비켜라."

이서윤은 아쉽다는 눈빛으로 벽을 힐끔거리며 뒤로 물러섰다. 그 모습에 알 수 없는 찝찝함을 느낀 신혁돈은 언월도를 높이 올려 든 채 물었다.

"뭐야?"

그의 물음에 이서윤은 기회를 잡았다는 듯 눈을 반짝이며 말을 쏟아냈다.

"빛의 문신, 그러니까 에르그 에너지의 집약체가 지나는 부분이 여기, 그리고 저기거든요? 알고 있겠지만 모든 것들을 연결하는 고리 부분은 다른 부분에 비해 약하기 마련이잖아요. 한 5분… 아니, 3분만 주면 에르그 에너지의 연결 부분을 알아낼 수 있을 것 같아요. 거길 때리면 더 작은 힘으로 큰 위력을 발휘할 수 있을 거예요."

말은 길었지만 결론은 단순하다.

3분을 주면 벽의 약점을 알아낼 수 있다는 소리.

적이 움직이지 않는, 그리고 한 치 앞을 예상할 수 없는 상태에서 에르그 에너지를 조금이라도 아낄 수 있는 방법이라면 굳이 마다할 필요가 없다.

신혁돈은 고개를 끄덕인 순간 이서윤은 고목에 붙은 매미처럼 딱 붙어서 벽을 조사하기 시작했다.

빠직! 빠지직!

신혁돈은 온몸을 휘도는 에르그 에너지를 조절하며 서 있었는데 그것만으로 불똥이 튀고 스파크가 번쩍거렸다.

그 모습을 보고 있던 바르칸티가 신혁돈의 옆으로 다가오며 말했다.

"너희 종족에게 한계란 없나?"

"무슨 소리야."

"처음 만났을 때, 그리고 지금. 그리 오랜 시간이 지나지 않았음에도 너도, 그리고 저들도 성장했다. 아주 조금이긴 하지만."

"그래서?"

"그래서 묻는 것이다. 너희 종족에게 한계란 없나?"

생각해 본 적 없는 논제에 신혁돈은 바르칸티에게서 시선을 뗀 뒤 길드원들을 바라보았다. 그들은 확실히 성장하고 있다. 자신도 물론이고.

"생각해 본 적 없다."

지극히 그다운 대답에 듣고 있던 길드원들은 헛웃음을 흘렸고 바르칸티는 묘한 얼굴로 패러독스 전체를 바라보았다.

"한계를 생각하지 않는다라……."

바르칸티가 초점 없는 눈으로 벽을 바라보는 사이 이서윤이 벽의 한곳을 가리키며 소리쳤다.

"다 됐어요."

"그럼 비켜라."

"여기. 원으로 10㎝ 정도. 조금이라도 어긋나면 안 돼요!"

"알았어."

이서윤은 신신당부를 한 뒤 종종걸음으로 물러섰고 신혁돈은 심호흡을 한 번 한 뒤 언월도를 쥐었다.

그러고는 왼발을 축으로 한 걸음 뒤로 물러섰다가 다시 앞으로 내딛으며 진각을 밟았고 그와 동시에 언월도가 내질러졌다.

꾸우우웅!

이서윤이 마킹한 부분에 언월도의 날이 정확히 파고들었고 그와 동시에 어마어마한 에르그 에너지가 터져 나왔다.

쿠우우우우웅!

쩌적! 쩌저저적!

탑의 벽에 금이 가기 시작하며 터널이 무너질 듯 흔들렸고 길드원들은 불안한 눈빛으로 터널의 천장과 바르칸티를 번갈아 보았다.

그들의 시선을 느낀 바르칸티는 어울리지 않게 어금니를 드러내며 미소를 지었고 길드원들은 허탈한 웃음을 흘렸다.

"도대체 어디서 나오는 자신감이래."

불안한 고준영이 혼잣말을 뱉었고 그의 말을 들은 바르칸티가 가슴을 쿵쿵 두드리며 소리쳤다.

"카리스! 마이크렐리오!"

"장인 정신이란다."

쿠구구구궁! 콰앙! 쾅!

이서윤의 계산이 완벽했던 건지, 신혁돈의 힘의 분배가 완벽했던 것인지는 알 수 없지만 탑의 벽이 와르르 무너지며 터널만 한 구멍이 뚫렸고 흙먼지가 피어올랐다.

구멍이 뚫리길 기다리고 있던 백종화는 곧바로 언령을 발동해 흙먼지를 날려 버렸고 탑의 내부가 시야에 들어왔다.

"좀 높은데."

탑 내부는 거대한 홀과 비슷하게 생겼다. 5m 정도 아래 바닥이 있었고 손을 뻗으면 닿을 정도의 거리에 천장이 있었다.

올라가는 계단 대신 천장 가운데 거대한 구멍이 뚫려 있었고 바닥에는 아무런 구멍도 없었다.

"그냥 올라오려면 고생 좀 했겠습니다."

구멍에 옹기종기 서서 바라보고 있던 패러독스들은 천장의 구멍을 바라보며 '저기로 올라가면 되겠지?' 하는 대화를 나누었다.

그때.

번쩍!

홀의 바닥과 벽, 그리고 천장에 빛의 문신이 나타났고, 그와 동시에 아무것도 없던 홀의 벽에서 붉은 빛 덩어리들이 자라나기 시작했다.

"그래, 이래야지. 쉽게 보내줄 리가 있나."

윤태수가 욕설과 함께 나직이 읊조리는 사이, 백종화가 소리쳤다.

"전투 준비!"

쿠르르르르릉!

"천장의 구멍이 닫혀요!"

김민희가 당황하며 소리를 친 순간, 아직까지 강신을 유지하고 있던 신혁돈의 허리가 활처럼 휘더니 그가 들고 있던 언월도가 빛줄기처럼 날아가 닫히고 있던 구멍에 틀어박혔다.

콰아아앙!

번개와 불꽃에 휩싸인 언월도는 구멍에 박힌 순간 거대한 폭발을 일으켰고, 원래 있던 구멍보다 거대한 구멍을 만들어내며 천장을 무너뜨렸다.

그 덕에 아래서 생겨나고 있던 엘 코로스들이 잔해에 깔렸다.

"물러서! 도시락 날아라."

신혁돈의 명령과 동시에 모든 길드원들이 입구에서 거리를 벌렸고 달려온 도시락이 그들을 지나쳐 구멍을 향해 몸을 던졌다.

신혁돈의 명령을 이해하지 못해 멍하니 서 있던 바르칸티는 도시락에 치여 구멍 아래로 떨어졌다.

"주워!"

날개를 펼친 도시락이 급하강하며 바르칸티를 낚아챘고 그와 동시에 강신을 해제한 신혁돈을 필두로 모든 길드원들이 도시락의 등 위로 올라탔다.

"위로 간다."

엘 코로스들이 날지 못하는 이상 위로 올라올 순 없다. 침입자를 방지하기 위해서인지 탑에는 계단 대신 중앙에 구멍만 나 있는 형태였고, 덕분에 도시락은 날개를 펼친 채 곧바로 최상층을 향해 날아갈 수 있었다.

도시락이 천장을 향해 날고 있었기에 길드원들은 떨어지지 않기 위해 도시락의 깃털을 꽉 붙잡고 있었고 윤태수라고 다를 것 없는 건 마찬가지였다.

그때.

신혁돈이 그를 향해 다가오며 말했다.

"이게 네 작전이었냐?"

"…아닙니다."

신혁돈이 천장을 뚫어내지 못했다면, 도시락에게 달려 나가라는 명령을 내리지 않았다면 길드원들은 다시 한 번 엘 코로스들과 싸워야 했을 것이고 어떤 상황이 펼쳐졌을지 모른다.

신혁돈은 윤태수에게서 시선을 뗀 뒤 손을 놓았다.

순간 추락하듯 떨어진 신혁돈은 어느새 몬스터 폼을 발동시킨 뒤 다시 날아올랐고 도시락을 지나쳐 더 높은 곳으로 향했다.

분명 최상층 근처로 들어온 게 분명한데도 짧지 않은 시간을 날고서야 제대로 된 천장이 보였다.

"천장이다!"

신혁돈의 외침에 도시락이 속도를 줄이며 날개를 펄럭였다. 신혁돈은 방향을 틀어 도시락의 발에 붙잡혀 있는 바르칸티에게 다가가 물었다.

"여기가 마지막 천장인가?"

"…레? 레 이콘?"

난생처음 하늘을 난 탓인지 멍한 눈을 하고 있던 바르칸티는 몇 번이나 고개를 휘휘 젓고서야 대답했다.

"오로인. 레 이콘 모로호."

"한 층 더 있답니다!"

통역을 들은 신혁돈은 천장을 뚫는 대신 착지를 명령했고 곧 길드원들은 땅에 발을 디딜 수 있었다.

"몇 층 정도 올라온 거지?"

"다섯 층입니다."

"최상층 바로 아래로 터널을 뚫은 거 아니었나?"

신혁돈의 시선이 바르칸티에게로 향했고 그는 변명을 하듯 뭐라 뭐라 말했지만 신혁돈은 그의 말에 집중하는 대신 천장을 올려보았다.

벽에 구멍을 뚫고 들어왔던 홀과 똑같은 구조.

"불 켜봐."

그의 말에 백종화가 빛 덩어리를 피워 올렸고 그 순간, 벽에 새겨진 빛의 문신이 빛나기 시작했다.

"젠장… 몇 번째 똑같은 패턴이야."

"그만큼 효과적이니까."

길드원들이 방어진을 만들고 도시락이 하늘로 날아오르는 사이, 땅과 천장, 그리고 벽에서 엘 코로스들이 기어 나오기 시작했다.

고대 서양의 전사들을 빼다 박아놓은 듯 기다란 창과 몸 전체를 가릴 만한 크기의 방패 그리고 주요 부위를 가리는 갑옷을 갖추고 있는 엘 코로스들은 전보다 체계화된 움직임으로 정렬했다.

어지간한 축구장 넓이의 돔을 가득 메울 정도로 많은 엘 코로스들이 나타났고, 아직까지도 나타나며 꾸역꾸역 자리를 채우고 있었다.

"서윤 씨."

"예."

"광역 공격 가능한 뭐라도 하나 만들어주시면 안 됩니까? 내가 돈은 얼마든 줄게."

"돈으로 해결되면 개나 소나 가졌겠지."

"걔넨 서윤 씨가 없잖습니까."

"…시끄러워요."

윤태수와 이서윤이 영양가 없는 대화를 나누는 사이, 엘 코로스들의 등장이 멈추었다.

수가 그냥 모자란 것도 아니고, 배 이상 차이가 날 때 선공은 미친 짓이다. 뒤를 공격당할 리 없는 벽을 등진 채 원형을 그리고 상대하는 것이 가장 효과적이다.

"전투 준비."

방어진의 외곽 방어를 맡은 밀리 계열 각성자들이 무기를 쥔 손에 힘을 준 순간.

구르르르룽!

천장이 열렸다.

길드원들의 시선이 자연스럽게 천장으로 향했고 천장의 구멍이 전부 열린 순간, 그 사이에서 밝게 빛나는 존재를 발견할 수 있었다.

"저게 문지긴가."

"호랑이로는 안 보이는데."

"뭐가 보이긴 합니까?"

길드원들이 웅성거릴 만큼 밝게 빛나고 있었기에 제대로 된 형체를 확인하기 힘들었다. 하지만 하나는 확신할 수 있었다.

'강하다.'

지금껏 상대해 온 모든 문지기들을 합쳐도 저놈의 상대가 되진 못할 것이다.

그제야 긴장감이 스멀스멀 기어 올라오며 온몸의 근육을 잡아당겼다. 신혁돈은 몸이 움찔거리는 것을 느끼며 시각에 집중했고 그제야 정체를 확인한 뒤 말했다.

"저건……."

신혁돈의 목소리에 모든 길드원들의 이목이 집중되었고.

"괴물이다."

실망했다.

당연한 소리를 당연하지 않다는 듯 말하는 모습에 길드원들은 허탈한 웃음을 지었지만 신혁돈은 진지했다.

"조금 자세히 말씀해 주시면 안 됩니까?"

"머리가 두 개인 호랑이다."

"괴물 맞네."

머리 두 개 달린 호랑이는 본래 있어야 할 검은 줄 대신 샛노란빛의 문신을 번쩍거리며 허공을 걸어 내려왔다.

크기는 바르칸티와 별다를 것 없었지만 움직임 하나하나에서 여유로움이 묻어났다.

강자의 여유.

신혁돈이 오만이라 부르는 그것이 괴물의 몸 전체에서 마치 아우라처럼 피어오르고 있었다.

"내가 맡는다. 바르칸티는 여기를 지켜라."

바르칸티는 무어라 말을 하려 입을 오물거렸지만 입술로 어금니를 덮을 뿐, 별다른 말을 하지 못했다.

빛의 문신이 주던 힘이 있었다면 모를까 그 힘을 잃은 이상 신혁돈보다 약한 것이 현실이었다.

'남은 에르그 에너지는 40%가량.'

어떻게 해서든 시간을 끌어야 한다.

그때.

어느새 땅을 밟고 선 문지기가 신혁돈의 마음을 읽기라도 한 듯 양 앞발을 포갠 뒤 그 위에 두 개의 머리를 얹고 누우며 말했다.

"인간."

호랑이의 목소리에 윤태수가 길드원들을 바라보며 통역했다.

"인간이라 말했습니다."

"통역하지 않아도 된다."

"…뭐야."

"인간, 가이아에 대해 알고 싶은 게 있지 않나?"

문지기, 그것도 두 개의 머리를 가진 호랑이가 한글로 그들에게 말을 걸고 있었다.

*   *   *

신혁돈의 시선이 호랑이의 두 얼굴을 바라보았고 그와 눈을 맞춘 호랑이는 여유롭게 고개를 까딱였다.

마치 강자의 위치에서 질문을 하라는 모양새에 신혁돈은 미간을 찌푸리며 물었다.

"넌 누구지?"

"하이노로. 너희 말로 하자면… 시스템 정도 되겠군."

"그의 분신이다."

그의 말에 대답한 것은 신혁돈이 아닌 바르칸티였다. 신혁돈이 고개를 돌려 그를 보자 바르칸티는 턱짓으로 천장을 가리켰다.

하이노로의 피조물이며 본체는 한 층 위에 있다는 뜻. 신혁돈은 천장에서 시선을 거둔 뒤 문지기를 바라보며 말했다.

"네가 가이아에 대해 어떻게 아는 거지?"

"인간의 말로 설명하려니 어렵군. 간단히 말하자면 부모가 같으니 알 수 있다."

"…부모가 같다?"

"그래. 모두 그분의 가호 아래 태어난 이들이니까."

미간의 골이 더욱 깊어졌다. 아이가투스? 혹은 바커스? 누구를 말하는 것인가. 그보다 가이아와 하이노로가 같은 부모를 두었다니.

신혁돈은 머릿속에 가득 차오르는 의문을 꾹 누른 채 물었다.

"그분?"

"그래. 너희가 그토록 죽이고 싶어 하는 존재."

아리송한 답변에 신혁돈이 앞으로 한 걸음 내딛으며 말했다.

"마왕 중 하나를 말하는 건가."

그의 물음에 두 개의 머리가 동시에 들렸다. 그러고는 노랗게 빛나는 미간을 동시에 찌푸리더니 기괴한 웃음소리를 토하며 몸을 들썩거렸다.

"무슨 말 같지 않은 소리를 하는 거야. 설마 마왕들이 어떻게 선출되는지조차 모르는 건가?"

마왕이 선출된다?

신혁돈뿐만 아니라 모든 길드원들의 얼굴에 의문이 피어올랐다.

"허… 걸작이군. 가이아의 자식들이라 기대했거늘."

"아, 아닌가. 가이아가 의도적으로 정보를 차단했을 수도 있겠군."

"그래, 그쪽이 더 신빙성이 있어."

두 머리가 번갈아가며 대화를 하듯 말했고 말을 마침과 동시에 고개를 끄덕였다.

"그래, 인간. 아까도 말했듯 궁금한 게 많겠지? 모두 물어보거라. 내가 모두 대답해 줄 테니."

신혁돈에 머릿속에 아까도 들었던 생각이 다시 한 번 의문부호를 붙이며 떠올랐다.

왜?

어째서 하이노로가 자신에게 정보를 주려 하는 것인가.

하이노로의 입장에서 자신은 기껏 무너뜨린 놈을 되살리려 하며, 자신을 죽이러 온 존재다. 그가 자신을 죽일 수 있을지 없을지는 모르지만 어쨌거나 그의 입장에서 따지자면 득이

될 게 하나도 없는 존재 아닌가.

"왜 나에게 정보를 주려는 거지?"

"그건 네가 궁금해하는 것을 듣다 보면 알 게 될 것이니 일단 궁금한 거나 묻지 그래. 나야 남아도는 게 시간이자리만 너희 인간들은 정해진 수명이 있으니 낭비할 수 없을 텐데."

묘하게 깔보는 말투에 화가 날 법도 했지만 신혁돈은 화 대신 의문을 키웠다.

도대체 왜?

신혁돈은 속으로는 왜에 대해 끊임없이 고찰하며 물었다.

"그래, 네 목적은 무엇이지?"

"나? 가이아가 아니라? 뭐 상관은 없지. 너희야말로 우리, 그러니까 시스템의 목적은 힘의 수확이다."

"…수확?"

"마땅히 대체할 단어가 없나… 뭐랄까. 그래, 농사다. 가이아의 차원, 그러니까 지구를 예로 들자면 지구라는 땅에 인간이라는 씨를 뿌린 뒤 괴물이라는 양분을 준 거지."

"그리고?"

"설마 농사의 끝에 농작물이 어떻게 되는지 몰라서 묻는 것은 아닐 테고, 네 눈앞에 다가온 현실을 인지하기 싫어 묻는 것이 분명하니 대답해 주지. 그리고 수확하는 거다. 괴물이라는 양분을 먹고 자란 인간을."

신혁돈을 비롯한 모든 인간은 망치로 머리를 얻어맞기라도 한 듯 멍한 얼굴이 되어 호랑이를 바라보았다.

신혁돈이 대답이 없자 호랑이가 말을 이었다.

"다음 질문은 뻔하군. '수확해서 어디다 쓰느냐?'겠지. 맞지? 표정을 보니 맞는 것 같군. 수확된 힘은 시스템에게로 돌아간다. 그리고 시스템들이 거둔 힘은 그분께 돌아가지."

아까도 나왔던 '그분.'

맥락을 보자면 마왕보다 위에 있는 존재이며 그들에게 힘을 받는 존재. 신혁돈이 아는 이들 중 아홉 마왕보다 위에 있는 존재는 딱 하나밖에 없다.

"그리드."

"그렇지. 거기까진 알고 있나 보군."

"거두는 방법은… 인간을 죽이는 것인가?"

신혁돈의 질문에 호랑이는 잠깐 고민하는 듯하더니 두 개의 머리를 까닥였다.

"뭐 궁극적으로는 그렇지. 차원 자체의 에너지를 흡수하는 단계에 이르려면 살아 움직이는 생명체가 없어야 하니까."

"아니지, 그 단계가 되면 생물체가 살 수 없는 거지."

"그것도 그렇군."

또다시 두 머리가 대화를 했고 대화를 마친 호랑이의 오른쪽 머리가 신혁돈을 바라보며 말했다.

"이해가 되나?"

마신이 지구를 침공한 이유는 충분히 알았다.

그렇다면.

"시스템은 뭐지?"

"흠… 농부라 할 수 있겠군. 너희를 쓸 만한 농작물로 키우는 역할이니까."

"그렇다면 가이아 또한 결국은 인류를 파멸시키기 위한 존재라는 뜻인가?"

"드디어 결론에 도달했군. 정답이야. 축하해."

두 머리가 전부 어금니가 드러나도록 웃으며 낄낄거렸다.

"이걸 나에게 알려주는 이유는?"

"오, 문제의 근본까지 파악하겠다는 건가. 훌륭한 학생인데? 그래, 이유라. 아까 마왕의 선출에 대해 말했던 것을 기억하나?"

신혁돈이 고개를 끄덕였고 호랑이는 꼬리를 살랑이며 답했다.

"말해도 상관없겠지. 마왕 또한 시스템이다. 정확히 말하자면 시스템의 최종 성장 버전이라고 할까."

"…무슨 소리지?"

"그분은 경쟁을 아주 좋아하시지. 고인 물은 썩는다는 걸 아주 잘 알고 계신 분이거든. 그래서 마왕의 자리도 아홉 개밖에 안 두신 거고. 말이 옆으로 샜군. 알아듣기 쉽게 설명하자면 시스템이 차원을 침공하는 것은 일종의 시험이다. 시험을 통과하며 자신의 힘을 쌓아나가고 어느 정도 올라가면 마왕의 권좌에 도전할 수 있게 되지."

"미친⋯⋯."

그의 말을 듣고 있던 백종화의 입에서 욕설이 터져 나왔다.

"마왕이 되면 이리저리 떠돌며 차원을 침략하는 게 아닌 자신의 차원을 거느리며 괴물을 공급하는 역할을 맡게 되고, 시스템 때보다 훨씬 편하게 살 수 있지. 물론 시스템 때보다 훨씬 많은 힘을 모을 수도 있고 말이야."

"그 짓거리를 하는 이유는?"

"그분의 뜻이니까."

점점 논점이 흐려지고 있었다. 신혁돈은 뜻이 무엇인지 묻는 대신 다른 것을 물었다.

"나에게 알려주는 이유는 아직 못 들은 거 같은데."

"아, 그렇군. 오랜만에 대화를 하니 나도 모르게 신이 난 모양이야. 어쨌거나 마왕의 자리는 아홉 개뿐이고 시스템들은 셀 수 없을 만큼 많다."

"그래서 견제할 필요가 있는 거지. 어쨌거나 가이아는 꽤나 영리한 시스템이니까. 아, 그리고 오해는 말길 바라. 너희가 가이아의 목줄을 틀어쥐면 인간은 멸망하지 않을 수 있어. 그런 역사도 꽤 많고 말이야."

또다시 두 개의 머리가 대화를 했다. 두 머리의 대화를 듣고 있던 신혁돈은 미간이 살짝 펴졌다.

가이아의 목줄을 틀어쥔다.

즉, 하이노로는 신혁돈이 가이아를 죽여주거나 그에 버금가는 상태로 만들어주길 바라는 것이다.

말로는 자신이 마왕이 되는 데 걸림돌이 되기 때문이라 하지만, 과연 그게 다일까?

머릿속에 펼쳐져 있던 안개가 조금씩 걷어지는 기분이 든 신혁돈이 하이노로에게 말했다.

"자세히."

왼쪽 얼굴이 귀찮다는 듯 입을 쩍 벌리고 하품하는 사이 오른쪽 얼굴이 설명을 시작했다.

"너무 기니 짧게 설명하지. 차원에 들어온 시스템이 파괴되면 그 힘은 그대로 남아. 시스템 자체가 엄청난 힘의 집합체나 다름없으니까. 파괴된 경우도 왕왕 있었다고 들었고 말이야."

오른쪽이 말을 마치자 하품을 끝낸 왼쪽이 말을 이어 받았다.

"그래서 시스템이 한 번 파괴된 차원은 전처럼 쉽게 건드리질 못하게 된다. 이미 시스템이 존재한다는 것을 알고 있는 종족은 쉽사리 당하질 않거든. 괴물들 또한 마왕들의 힘을 이용해 만드는 것인 만큼 무한정하지 않고 말이다."

그들의 말뜻을 이해한 듯 신혁돈이 고개를 끄덕이자 오른쪽 얼굴이 물었다.

"이해한 거지? 너희들은 가이아를 잡아서 차원의 평화를 얻고, 나는 마왕의 자리에 오르고. 너희 말로 일석이조 아닌가?"

"마지막으로 하나만 묻지."

"뭔데?"

"마왕의 자리에 도전할 만큼 강한 시스템이 어째서 여덟 번째 차원에 머물고 있는 거지?"

"여덟 번째와 아홉 번째, 그리고 열 번째 시련 또한 내가 관리하고 있다."

"…뭐?"

"쉽게 말하자면 아이가투스 님의 바로 아래 내가 있다 생각하면 편하겠군."

순간, 신혁돈의 입가에 미소가 번졌다.

즉, 여기서 하이노로의 본체를 잡을 수 있다면? 다섯 개의 태양은 물론이거니와 여덟, 아홉, 열 번째 차원을 굳이 클리어하지 않고 통과해 바로 아이가투스를 향해 갈 수 있다는 뜻이 된다.

가이아가 마신이 만든 시스템이며 인간을 수확하기 위해 힘을 쓰고 있다는 것은 지금 중요한 것이 아니다.

지구로 돌아간 뒤에 해결해도 될 문제다.

게다가 가이아가 신혁돈의 편이 아니라 한들, 상관없다. 신혁돈의 목표는 그리드지 가이아가 아니었으니까.

하지만 여기서 하이노로를 놓친다면?

지름길을 눈앞에 두고 쭉 돌아가는 것이나 마찬가지가 된다.

마음을 굳힌 신혁돈은 차분히 생각에 잠겼다.

'더 얻어낼 수 있는 것이 없을까.'

마음 같아서는 윤태수와 백종화, 패러독스들의 머리를 모아 놓고 대화하고 싶었지만 여의치 않았다.

그때, 신혁돈의 입가에 미소가 번졌다.

'굳이 고민할 필요가 없군.'

잡아 죽인 뒤 영혼을 포식하면 된다.

제 입으로 말하지 않았는가.

'파괴된 사례가 있다'고.

다른 종족이 이미 파괴한 사례가 있는데 인간이라고 하지 못할 리가 없다.

신혁돈은 천천히 고개를 끄덕인 뒤 하이노로와 눈을 맞추었다.

"네 본체가 위에 있는 건가?"

"그렇다면?"

"만약에 말이다. 내가 널 죽이면 어떻게 되는 거지?"

"나를?"

하이노로는 몸을 일으키며 주변을 둘러보았고 그의 시선에 따라 가만히 있던 엘 코로스들이 몸을 꿈틀거렸다.

"여기 있는 것들은 하나하나가 너희보다 강해. 아, 물론 너와 놈의 우두머리 둘은 빼고 말이지. 그리고 나는, 아니지. 나의 피조물은 너희 전부를 합친 것보다 강하지. 네가 아직 내 의견을 제대로 이해하지 못했나 본데, 내 말은 지구로 돌려보내 준다는 말이야. 나와 싸워 이긴 후 돌아가려 할 필요가 없다는 거지."

"싸워 이기면 돌아갈 방법 또한 생기는 것인가?"

"뭐라는… 후."

하이노로의 오른 머리가 짧게 한숨을 내쉬었고 그사이 왼쪽 머리가 고개를 까딱였다. 그러자 신혁돈의 왼쪽에 있는 엘 코로스의 무리가 위협적으로 창을 휘두르며 신혁돈을 향해 걸어왔다.

"한 셋쯤 죽이면 내 말이 더 잘 이해되려나?"

"그거 괜찮군."

"…뭐?"

하이노로가 어이없다는 듯 헛웃음을 흘린 순간, 신혁돈의 몸에서 불꽃과 번개가 피어올랐다. 그와 동시에 지저에서 울리는 듯한 신혁돈의 목소리가 돔 전체를 울렸다.

"내가 하이노로를 맡는다. 나머진 알아서."

말을 마친 신혁돈은 어느새 5m에 이르는 불과 벼락의 거인이 되어 있었고 네 개의 팔로 세 개의 무기를 쥐고 있었다.

강신이 끝난 순간.

신혁돈의 몸이 거만하게 앉아 있는 호랑이를 향해 쏘아졌다.

*　　　　*　　　　*

고대 로마의 병사와 비슷하게 생긴 엘 코로스들이 불과 벼락의 거인의 발에 채이며 박살 났고, 그 덕에 그들이 펼치고 있던 진이 무너졌다.

바르칸티는 그 틈을 놓치지 않고 무너진 진형 사이로 파고들어 길드원들이 쳐놓은 방어진의 앞에서 수문장의 역할을 맡았다. 그와 동시에 엘 코로스들이 길드원들을 향해 달려들었다.

패러독스가 벽을 등진 채 방어진을 펼치고 있었기에 그들을 공격할 수 있는 수는 한정되어 있었고 그 덕에 어렵지 않게 방어를 해낼 수 있었다.

엘 코로스는 어차피 하이노로가 조종하는 꼭두각시에 불과하다.

하이노로의 숨통을 끊어놓기만 한다면 엘 코로스들은 무력화될 것이니 굳이 섬멸전을 펼칠 필요가 없었다.

그사이, 두 개의 머리를 가진 호랑이에게 달려든 불과 벼락의 거인은 곧바로 채찍을 휘둘러 호랑이의 발목을 붙잡았다.

빠지지직!

츠츠츠!

채찍을 감싼 벼락과 호랑이의 몸을 감싼 빛의 문신이 서로를 거부하며 어마어마한 에르그 에너지의 폭발이 일었다.

콰광!

거인과 호랑이 사이에 있던 엘 코로스들이 충격파에 휩쓸리며 고기 조각이 되어 사방으로 흩날렸다.

순간적으로 시야가 가려졌고 신혁돈은 힘겨루기를 하던 채찍을 거둠과 동시에 그 반발력을 이용해 호랑이에게 날아들며 언월도와 검을 동시에 휘둘렀다.

검은 호랑이의 다리를 쓸며 언월도는 두 개의 머리를 동시에 노리는 공격!

도저히 피할 수 없어 보이는 공격에도 하이노로는 다급히 움직이기는커녕 느릿한 움직임으로 고개를 들어 신혁돈과 눈을 맞추었다.

'믿는 구석이 있나 보군.'

아무리 하이노로라 한들 성벽보다 방어력이 높진 않을 것이다. 그럼에도 신혁돈의 공격을 피하지 않는다는 것은 숨겨둔 한 수가 있다는 것.

신혁돈은 공격이 적중하기 직전까지도 하이노로의 눈에서 시선을 떼지 않았다.

그리고 신혁돈의 공격이 적중한 순간!

하이노로의 눈에서 샛노란 섬광이 터져 나오며 신혁돈의 시야를 가렸다.

[차원의 지배자, 하이노로의 스킬 '지배자의 주시'가 발동되었습니다.]

[상태 이상 '마인드 컨트롤'이 발동되어 몸의 통제권을 빼앗겼습니다.]

[모두의 벗의 효과가 발동되었습니다.]

[상태 이상에 저항합니다.]

누군가가 신혁돈의 영혼을 후려치기라도 한 듯 신혁돈의 동공이 탁, 풀렸다가 원래대로 돌아왔다.

찰나의 순간에 불과했지만 신혁돈은 저놈이 무슨 짓을 하려 했다는 것을 깨달았고 그와 동시에 그것이 통하지 않았음을 깨달았다.

수많은 메시지가 떠올랐지만 신혁돈은 그것에 시선을 주지 않은 채 멈칫했던 팔을 움직였고 그 모습을 본 하이노로의 얼굴엔 경악이 서렸다.

"뭐……."

하이노로는 자신의 수가 통하지 않았음을 깨닫고 곧바로 땅을 박찼지만 신혁돈의 검과 언월도가 더욱 빨랐다.

콰드드드득!

신혁돈의 검이 뛰어오르고 있는 호랑이의 다리를 파고듦과 동시에 언월도 또한 오른쪽 머리의 턱을 후려쳐 부숴 버렸다.

크허어엉!

순간의 방심으로 한쪽 다리와 머리를 잃은 호랑이는 붉은 피를 철철 흘리면서도 뒤로 물러섰지만 한 번 잡은 기회를 놓칠 신혁돈이 아니었다.

불과 벼락의 거인은 잔상이 남을 정도의 속도로 달려들었다. 방어할 수 없음을 깨달은 하이노로는 다시 한 번 눈을 번쩍였다.

[상태 저항!]

그의 왼팔에 새겨져 있는 모두의 벗이 번쩍였고 그와 동시에 지배자의 주시가 다시 한 번 막혔다.

'위험할 뻔했군.'

만약 모두의 벗이 없었다면 신혁돈은 하이노로의 꼭두각시가 되었을 것이고 그대로 패배했을 것이었다.

잠식을 막기 위해 얻어두었던 정신의 벗이 이런 효과가 있을 줄이야.

"크헝!"

휘리릭!

자신의 스킬이 통하지 않은 것을 깨달은 하이노로는 더 이상의 잡기술 대신 몸으로 승부하기로 마음먹은 것인지 곧바로 이와 발톱을 드러내며 신혁돈을 향해 달려들었다.

하지만 신혁돈의 채찍이 더 빨랐다.

하이노로의 말대로 에르그 에너지의 절대량에서는 신혁돈이 한참 밀린다. 즉, 정면으로 하는 힘 싸움으로는 승산이 없다는 이야기고 그렇게 싸워줄 이야기가 없다는 뜻이 된다.

불로 만들어지고 벼락으로 감싸진 채찍은 뱀의 머리처럼 움직이며 반쯤 잘린 다리를 감았고 그와 동시에 스파크를 튀겼다.

"끼어어어!"

아무리 하이노로라 한들 몸속으로 파고드는 공격에는 대비책이 없는지 벼락 맞은 개구리처럼 사지를 덜덜 떨었다. 그와 동시에 신혁돈의 언월도가 척추를 내려찍었다.

쾅!

"캭! 카우!"

호랑이의 척추가 부서짐과 동시에 두 호랑이의 입에서 고통에 찬 비명이 튀어나왔다.

호랑이가 힘을 잃고 휘청거린 순간, 거인의 손에 들려 있던 채찍과 검, 그리고 언월도가 빛으로 화해 사라졌고 그와 동시에 네 개의 손이 호랑이의 전신을 두들겼다.

뻑! 뻑! 뻑!

마치 가죽 북을 두드리는 듯한 어마어마한 소리와 함께 호랑이의 가죽이 찢기며 뼈가 드러났고 사방으로 피가 튀었다.

하이노로의 피조물은 이렇게 당할 줄 몰랐다는 듯 제대로 된 반항도 하지 못했고 결국 껙… 하는 소리와 함께 바닥에 몸을 뉘였다.

몇 분 전까지 위풍당당하던 모습은 사라지고 걸레짝이 되어버린 호랑이의 눈이 감긴 순간 신혁돈은 호랑이의 몸에서 빠져나가려 하는 에르그 에너지를 느낄 수 있었다.

'저거다.'

하이노로가 피조물의 몸에 심어두었던 힘!

신혁돈은 숨을 거둔 호랑이의 머리에 손을 올렸고 그와 동시에 영혼 포식을 사용했다.

그러자 호랑이의 몸에서 빠져나가던 에르그 에너지들이 신혁돈의 몸으로 흘러들어 오기 시작했고 에르그 에너지의 흐름 속에 연결되어 있는 대상을 느낄 수 있었다.

'위층이군.'

하이노로의 본체가 위층에 있을 것이라 생각은 하고 있었지만 사실로 확인되자 마음이 다급해졌다.

세 개의 차원을 다스리고 있는 존재인 만큼 차원 사이를 이동할 만한 능력이 있을 것이었고 시간을 지체하다가는 놓칠지도 모른다.

결론을 내린 순간.

거인의 손이 호랑이의 머리를 터트렸다. 그와 동시에 거인의 모든 손이 가득 찰 정도로 거대한 불꽃의 위해머가 생겨났다.

"흐읍!"

거인은 짧은 신음과 함께 허리를 숙였고 거대한 위해머가 천장을 향해 날아갔다.

쿠와아아아앙!

마치 미사일이 터지기라도 한 듯 엄청난 폭음과 함께 돌덩어리들이 쏟아져 내리기 시작했고 그 충격에 발을 딛고 있던 땅이 지진이라도 난 듯 흔들렸다.

쿠웅!

불과 벼락의 거인은 곧바로 천장에 뚫린 구멍을 향해 몸을 날렸다.

"…맙소사."

자신들이 전투 중이라는 것을 망각할 정도로 엄청난 전투가 눈 깜짝할 새 지나갔다.

윤태수는 자신의 가슴을 노리고 찔러 들어오는 엘 코로스의 창을 피하는 대신 몸을 틀어 빗겨냈다.

팅!

덥썩!

서걱.

푸화악!

그와 동시에 엘 코로스가 든 창을 죽 당겨 균형을 잃게 만든 뒤 목을 베어 넘긴 윤태수는 곧바로 시체를 밟고 올라서며 빈자리를 메우는 엘 코로스의 얼굴에 빼앗은 창을 던져 버렸다.

"미치겠군."

신혁돈과 싸운 호랑이 정도는 아니더라도 지금까지 싸워온 그 어떤 적보다 강하고 수도 많았다.

개체 하나하나가 생각을 하고 움직이는 듯 공격과 방어가 물 흐르듯 자연스러웠으며 긴장을 놓치는 순간 틈을 놓치지 않고 창을 찔러 들어왔다.

게다가 갑옷과 방패를 무엇으로 만들었는지, 제대로 힘을 담아 베지 않으면 칼날이 먹혀 들어가지도 않는 상황.

'버티기도 힘들 수 있겠는데.'

긴 팔을 이리저리 휘두르는 바르칸티는 물론이거니와 모든 길드원들이 목숨을 걸고 막고 있었으나 엘 코로스는 지치지 않고 꾸역꾸역 밀려들었다.

'광역기 하나만 있었으면…….'

가져온 아차람의 구슬은 모두 사용한 지 오래였고, 그것마저도 제대로 된 타격을 주기 힘들었다.

에르그 에너지의 소모가 크더라도 광역기가 있다면 주변을 휩쓸어 버림과 동시에 시간을 벌 수 있었을 텐데.

광역기를 사용하는 메이지들의 에르그 에너지도 한계가 있는 만큼, 함부로 남발할 수도 없는 상황이었다.

"형님!"

"큭!"

다른 생각을 하는 사이 매섭게 날아든 창이 윤태수의 가슴을 노리고 찔러 들어왔다. 그 순간, 고준영이 그의 어깨를 쳐서 밀어낸 뒤 검을 들어 창을 쳐냄과 동시에 엘 코로스의 목덜미를 썰어버렸다.

그 때문에 순간 진형이 흩어졌고 고준영의 몸을 노린 네 개의 창이 날아들었다.

고준영의 눈에 절망이 깃든 순간 백종화의 목소리가 공간을 울렸다.

"터져라!"

펑! 펑! 펑! 펑!

고준영에게 창을 찔러 넣던 네 마리의 머리가 한 번에 터지며 힘없이 쓰러졌다. 고준영은 감사 인사를 할 새도 없이 원래의 자리로 돌아갔고 윤태수 또한 가슴을 쓸어내리며 검의 손잡이를 꽉 쥐었다.

'형님… 빨리 끝내십시오.'

콰앙!

천장을 부수고 올라서자 신혁돈은 자신의 몸을 노리고 쏟아지는 에르그 에너지의 기운을 느낄 수 있었다.

'피할 수 없다'는 생각이 든 순간.

퍼어엉!

샛노란 광선이 거인의 머리를 꿰뚫었다.

하지만 강신을 하고 있는 신혁돈의 몸은 에르그 에너지 덩어리 그 자체.

신혁돈의 몸을 공격하지 않는 이상, 거인의 육체는 아무리 타격을 받아도 에르그 에너지로 복구해 낼 수 있었다.

재빨리 머리를 복구해 낸 신혁돈은 에르그 에너지가 날아온 방향으로 시선을 돌림과 동시에 실내를 살폈다.

　'…차원석?'

　축구장 하나 넓이의 돔과 같이 생긴 최상층의 중앙. 샛노란 빛을 발하는 거대한 차원석이 허공에 떠 있었다.

　최상층의 반 이상의 공간을 차지하는 차원석의 주변에는 샛노란 구체가 셀 수 없이 많이 떠 있었다.

　'저건가.'

　방금 신혁돈에게 샛노란 광선을 뿜은 것의 정체를 파악한 신혁돈은 하이노로의 위치를 찾기 위해 에르그 에너지를 사방으로 흘려보내며 주변을 살폈다.

　'전력으로 싸우면 2분.'

　그냥 유지만 한다면 5분 이상을 버틸 수 있을 정도의 에르그 에너지가 남아 있었다. 여기서 메르히칸의 빛과 그림자를 사용해 분신까지 만든다면 시간은 더욱 줄어들게 된다.

　'걸리는 게 없다.'

　가운데 차원석이 뿜어내는 에르그 에너지가 강력하긴 했지만 신혁돈의 탐지를 방해할 정도는 아니었다.

　하지만 그 어디에도 하이노로의 존재는 느껴지지 않았다.

　그때.

　번쩍! 쩡! 쩡! 쩡!

가만히 서 있는 거인을 향해 샛노란 광선이 무차별적으로 쏘아졌다.

강신한 육체를 재생하는 에르그 에너지조차 아껴야 할 상황이었기에 신혁돈은 이리저리 움직이며 광선을 피해냈고 그러면서도 탐지를 계속했다.

'…어째서?'

하이노로가 최상층에 있는 것을 확인하자마자 천장을 뚫고 올라왔는데 벌써 사라졌다니.

만약 차원 이동을 했다면 어마어마한 에르그 에너지를 사용했을 것이고 그에 상응하는 파장이 생겨났어야 옳다.

하지만 그런 낌새는 없었다. 바로 이곳에서 하이노로의 기운이 느껴지고 있었다.

그 순간.

"멍청한 인간."

신혁돈의 귓가로 이질적인 목소리가 파고들었다. 목소리의 근원지를 찾기 위해 고개를 돌리던 신혁돈의 시선이 무언가에 고정이 되었고 그의 미간이 찌푸려졌다.

'설마?'

*　　　　*　　　　*

신혁돈의 시선이 닿은 곳에는 샛노란빛을 발하는 차원석이 있었다. 그것이 맥박 침과 동시에 다시 한 번 목소리가 들려왔다.

"어째서 거부하는 것이지?"

목소리라기보다는 여러 개의 울림이 겹쳐 언어를 만들어내는 듯한 기괴한 소리에 신혁돈이 차원석을 바라보았다.

"하이노로?"

차원석, 아니, 하이노로는 그렇다고 대답하듯 샛노란빛을 발했다.

"차원석이 본체였나."

에르그 에너지의 결집이 최대로 이루어져 생성된 것이 바로 차원석이다. 신혁돈이 이해를 한 듯 고개를 끄덕이자 하이노로가 다시 한 번 말했다.

"어째서 내 제안을 거부하는 것이지? 가이아를 죽이는 것만으로도 너의 종족, 인류는 오랜 기간 평화를 찾을 수 있다. 아니, 어쩌면 영원한 평화를 가질 수도 있는데!"

"그리드를 죽이면 어쩌면이 아니라, 확실한 평화를 얻을 수 있겠지."

"하! 되도 않는 꿈을 꾸고 있군. 네가 그분의 발끝에라도 닿을 수 있을 것이라 생각하나? 아니, 넌 아이가투스 님에게도 닿지 못해."

"내가 알아서 하지."

말을 마친 신혁돈, 불과 벼락의 거인은 더 이상 거인이라 부르기 힘들 정도로 크기를 줄였다.

겉으로 보이는 위압감은 줄었을지 모르나 외려 응축된 에르그 에너지 덕에 몸에서 흘러나오는 아우라는 더욱 커졌다.

2m 정도 되는 신체가 된 신혁돈은 네 개의 손을 활짝 펼쳤고 손끝에서 불길이 자라나며 무기의 형상을 갖추었다.

검과 채찍, 언월도같이 생물을 상대할 때 편한 무기가 아닌 워해머와 철퇴, 그리고 프레일 같은 타격 위주의 무기가 네 개의 손에 자리 잡았다.

신혁돈이 전투의 시작을 알리는 발걸음을 내딛은 순간, 하이노로가 말했다.

"네 능력으로 내 힘을 흡수할 수 있다 생각하나 본데, 어림없는 생각이다."

순간 궁금증이 일었다.

'내 능력을 알고 있다.'

어떻게 보면 당연한 일이다. 그간 아이가투스의 시련을 일곱 개나 지나왔고 이번이 여덟 번째이니 그의 능력을 모르는 게 더 이상하다.

하지만 그 한계까지 알고 있다는 건 다르다.

그렇다고 해서 신혁돈이 걸음을 멈출 이유는 없다. 하이노로를 죽이고 영혼 포식을 사용해 기억과 모든 능력을 흡수하면 해결될 일이니.

신혁돈이 걸음을 멈추지 않자 하이노로의 주변을 맴돌던 수많은 구체들이 신혁돈의 앞으로 모여들어 화망을 이루었다.

가로세로 30m는 될 법한 어마어마한 크기의 화망이 완성된 순간, 구체들이 샛노란 섬광을 쏘았다.

쩡! 쩡!

'역시.'

신혁돈은 오른쪽으로 몸을 날려 섬광을 피해냈고 그와 동시에 땅을 박차며 차원석을 향해 달려들었다.

'경험이 없다.'

하이노로, 즉 시스템은 본인이 직접 전투를 하는 것이 아닌 수하들을 다루어 전투를 하는 데 익숙해져 있고, 또 그럴 수밖에 없다.

아까 하이노로의 피조물을 상대하며 느낀 것을 이번 공격으로 확신을 할 수 있었다.

막강한 화력만 믿고 밀어붙이는 것이 패턴의 전부였고 하이노로 또한 그 틀에서 벗어나지 못했다.

완벽했다 생각한 화망이 단순한 움직임 한 번으로 격파당하자 당황한 하이노로는 구체들을 이리저리 움직이며 신혁돈을 맞추려 애썼다.

하지만 잔상이 남을 정도로 빠르게 움직이는 신혁돈을 맞출 순 없었고 결국 그는 화망을 뚫고 들어와 차원석에 위해머리를 박아 넣었다.

쿠웅!

후드드득!

쩡! 쩡!

구체들이 일사분란하게 움직이며 계속해서 광선을 쏘았자만 신혁돈은 눈먼 공격에 맞아줄 정도로 허술한 인간이 아니었다.

얼굴도 보이지 않고, 목소리도 들리지 않았지만 하이노로가 당황했다는 것을 알 수 있을 정도로 그의 공격은 형편없었다.

신혁돈은 욕심을 부리지 않았다.

대신 여유로운 몸짓으로 광선을 피하며 기회를 찾았고 인내의 과실이 맺히는 순간 누구보다 빠르게 달려들어 공격을 꽂아 넣었다.

쾅!

후드드득!

쿠우우웅!

후드득!

지루한 공방이라 불러도 될 정도로 뻔한 공격과 방어가 이어졌다. 하지만 그런 와중에도 대미지는 착실히 누적되고 있었다.

거인의 형태를 유지하는 것도 아니었기에 많은 에르그 에너지가 들지 않았고 그 덕에 더욱 오랜 시간 동안 강신을 유지할 수 있었다.

'이겼군.'

본능적으로 직감할 수 있었다.

지속되는 전투에서도 하이노로는 잘못된 점을 깨닫고 고치기보다는 화력을 더 퍼부어서 한 방이라도 맞추면 이긴다는, 어린아이 같은 심보로 전투를 끌어가고 있었다.

아무리 많은 에르그 에너지를 가지고 있더라도 단 한 번을 맞추지 못하는 데 무슨 소용이 있겠는가.

쾅!

쩌저저적!

결국 누적된 대미지를 이기지 못한 차원석에 금이 가기 시작했고 하이노로는 분노에 찬 비명을 질렀다.

"크아아아아아!"

그 순간.

차원석을 감싸고 있던 구체들이 힘을 잃고 바닥으로 떨어져 내렸다. 그와 동시에 바닥에 떨어져 있던 차원석의 조각들이 중력을 무시한 채 허공으로 떠올랐다.

'기회인가.'

구체가 공격을 멈춘 지금, 공격을 성공시킬 수 있었다면 큰 대미지를 입힐 수 있을 것이다.

하지만 함정이라면?

그렇지만 가만히 있을 수도 없다. 하이노로가 큰 한 방을 준비하고 있을 경우에는 가만히 있는 게 멍청한 짓이 되고 만다.

모든 구체들이 바닥으로 떨어진 순간.

찰나의 고민을 끝낸 신혁돈이 마치 혜성처럼 불꽃의 꼬리를 남기며 차원석을 향해 달려들었다.

쾅! 콰콰콰콰쾅!

신혁돈의 공격은 그대로 적중했고 차원석을 때린 순간, 신혁돈은 확신했다.

'숨겨진 수는 없다.'

그저 홀로 무너진 것이다.

답을 내린 신혁돈은 차원석에 올라선 뒤 완전히 부숴 버리기 위해 계속해서 네 개의 무기를 휘둘렀다. 그때마다 차원석 조각들이 사방으로 튀었다.

거의 10초가량 무자비한 공격을 퍼붓던 신혁돈은 의아함을 느꼈다.

'돌이 떨어지는 소리가 들리지 않는다.'

파편이 튀었다면 응당 돌 떨어지는 소리가 나야 한다. 한데 자신이 공격하는 소리 외에는 고요했다.

그때.

우우우우웅!

쩌저저적!

신혁돈이 딛고 있던 차원석이 진동함과 동시에 갈라지기 시작했다.

'끝난 건가?'

생명체가 아닌, 정신체와의 싸움을 해본 적이 몇 번 없었기에 정확한 판단이 서지 않았다. 그랬기에 신혁돈이 망설였고 그 순간.

차원석에 새겨져 있는 빛의 문신이 뿜어내던 샛노란빛이 사그라들었고 그와 동시에 허공에 떠 있던 모든 차원석 조각이 바닥으로 떨어지며 나뒹굴었다.

콰과과광!

끝이라고 하기엔 미심쩍다.

신혁돈은 긴장을 풀지 않은 채 허공에 떠서 차원석을 내려다보았다.

거대한 마름모꼴의 차원석은 여기 저기 패여 볼품없는 모습으로 바닥을 나뒹굴고 있었고 중앙 부분이 쩌적 쩌저적 소리를 내며 갈라지고 있었다.

'에르그 에너지의 기운이 남아 있다.'

그 순간.

솨아아아아아아

차원석의 갈라진 틈 사이로 샛노랗게 가시화된 에르그 에너지가 흘러나오며 형체를 이루었다.

마치 신혁돈이 분신을 만들 때와 같이 허공에서 엉켜든 샛노란 에르그 에너지는 인간의 형상을 이루었고 그 모습을 본 신혁돈이 그럼 그렇지, 하는 표정으로 고개를 끄덕였다.

만약 이대로 끝났다면 어정쩡한 기분에 잠도 안 왔을 것이다.

—인간.

"그게 네 진짜 모습인가?"

샛노란 에르그 에너지의 결정체, 하이노로는 대답 대신 오른손을 뻗었고 구체에서 발사되던 섬광이 그의 손에서 발사되었다.

쩡!

쩌저저정!

아까와는 비교도 되지 않을 정도로 섬세하고 강한 섬광이 그를 향해 쏘아졌고 신혁돈은 빠르게 몸을 움직여 피해냈다.

하지만 더 빨라진 섬광을 제대로 피하내지 못했고 결국 한

발이 신혁돈의 귀 옆을 바로 스쳐 지나갔다.

'맞으면, 아니, 스쳐도 죽는다.'

옆으로 스치는 것만으로 어마어마한 에르그 에너지의 파동이 느껴졌다.

'하지만 단순하다.'

수많은 구체들이 쏘아대던 때보다 훨씬 패턴이 단순해졌다. 게다가 더욱 중요한 사실이 있었다. 한차례 공격을 피해낸 신혁돈은 여유로운 표정으로 입을 열었다.

"정신체의 모습이라."

말을 마친 신혁돈은 미소를 지었고 그의 여유에 이상함을 느낀 하이노로의 손이 멈칫했다.

"영혼 강타라고 알고 있나?"

―무슨…….

신혁돈은 하이노로를 따라하듯 그를 향해 손을 뻗고선 작게 읊조렸다.

"영혼 강타."

모든 정신체를 효과적으로 정리해 온 스킬, 영혼 강타가 그의 손끝에서 펼쳐졌고 그가 무슨 일이 생겼는지 눈치를 채기도 전에 오른 다리가 떨어져 나갔다.

―크아아아아아!

정신체 또한 고통을 느끼는지 큰 비명과 함께 그의 몸에서 떨어져 나온 샛노란 에르그 에너지가 사방으로 흩어져 나갔다.

신혁돈은 미소를 지은 채 다시 한 번 손을 뻗었고 하이노로는 기겁을 하며 허공으로 몸을 날렸다.

하지만 이번에는 영혼 강타가 아닌, 포식이었다.

저번의 스킬 랭크 업으로 원거리에서 에르그 에너지를 흡수할 수 있어졌기에 사용한 것이었지만 자라 보고 놀란 가슴을 진정시키지 못한 하이노로의 입장에선 비슷한 것만 봐도 대경실색할 수밖에 없었다.

"꼴사납군."

샛노란 에르그 에너지가 신혁돈의 몸으로 흘러들어 온 순간, 신혁돈은 지금까지 맛보지 못한 새로운 느낌에 눈을 크게 떴다.

같은 에르그 에너지임이 분명한데 농도 자체가 달랐다.

신혁돈이 지금까지 품고 있던 것이 물이라면 지금 몸으로 들어오는 에르그 에너지는 점도가 있어 끈적거리는 느낌이었다.

'이런 힘을 품고 있었단 말인가⋯⋯.'

하이노로의 몸에서 잘려 나온 뒤에 흡수한 것이라 원래의 힘의 반에 반 정도만 흡수한 것이 이 정도였다.

신혁돈의 눈에 욕심이 어렸다.

'전부 흡수할 수 있다면⋯⋯.'

하이노로가 말하길, 자신은 마왕의 자리를 노리고 있다 했다.

즉, 마왕을 상대할 수 있을 정도의 에르그 에너지를 모아놓았다는 뜻이었다. 하이노로의 에르그 에너지를 전부 흡수할 수만 있다면 신혁돈은 마왕에 비벼볼 정도의 힘은 얻을 수 있다는 뜻이 된다.

곧바로 영혼 강타를 사용해 하이노로의 숨통을 끊어버리려던 신혁돈의 손이 천천히 내려왔다.

그러고는 그에게 다가서며 말했다.

"이제는 좀 이해가 되나?"

―뭐?

"내가 할 수 있다고 했잖아."

―…이해할 수 있다.

"죽음을 목전에 둔 기분이 어때."

―죽고 싶지 않다.

"그래, 내가 널 살려주면 나에게 무얼 줄 수 있지?"

―모든 정보, 네가 원하는 모든 것을 주마.

어느 위치에 있던, 어떤 힘을 가지고 있던, 종족이 무엇이건 상관없다. 죽음 앞에서는 모두가 비굴해진다.

외려 가진 것이 없는 이들이, 인생의 목표가 확실한 이들이 죽음을 두려워하지 않고 죽음에 맞선다.

"네가 가진 에르그 에너지. 그건 얼마나 줄 수 있지?"

―…내 몸을 유지하는 데 있어 필요한 최소량을 제외하고 모든 것을 주겠다.

한 차원, 아니, 세 차원을 지배하며 마왕의 자리를 노리던 시스템 또한 소멸 앞에서는 한없이 비굴해진다.

한데, 그럴 수밖에 없다.

죽으면 복수를 할 기회조차도 박탈당한다.

그렇기에 어떻게든 살아남아 후일을 도모해야 하는 것이고, 하이노로 또한 같은 생각을 하고 있을 것이었다.

신혁돈은 손을 뻗었고 그 동작에 하이노로는 몸을 한껏 움츠렸다가 마주 손을 내밀었다.

그러자 하이노로의 몸을 구성하고 있던 샛노란 에르그 에너지가 신혁돈의 손으로 흘러들어 왔고 신혁돈은 다시 한 번 차오르는 나른한 만족감에 입꼬리를 비죽 올렸다.

'두 배… 아니 세 배는 넘는다.'

단지 자신보다 많다고만 생각했던 하이노로의 에르그 에너지 양은 상상을 초월할 정도로 많았다.

"마왕은 너보다 강한가?"

―객관적인 판단은 불가능한 존재들이다. 무엇보다 네 존재 자체가 논외인 만큼 네 입장에서 보자면 그들은 강하지 않다.

"쉽게 설명해."

—마왕은 직접 나서서 싸우지 않는다. 몸으로 하는 전투는 가장 야만적이고 원시적인 행동이라 생각하기 때문이지. 마왕 중 몇은 나처럼 정신체만 존재하는 이들도 있을 정도다.

정신체라.

영혼 강타가 마왕에게도 통할지는 모르겠지만 어쨌거나 비장의 한 수가 되어줄 것은 분명했다.

대화를 나누는 도중에도 하이노로의 에르그 에너지는 신혁돈에게로 흘러들어 오고 있었고 원래 보유하고 있던 에르그 에너지의 세 배 가까이를 보유하게 되었을 때, 하이노로가 손을 거두며 말했다.

—이게 전부다.

그 순간.

신혁돈의 입꼬리가 더욱 올라갔다. 신혁돈은 그에게 에르그 에너지를 건넨 뒤 눈에 띌 정도로 하얗게 변한 하이노로의 손을 쥐었다.

—…무슨?

그와 동시에 신혁돈의 몸에서 흘러나온 에르그 에너지가 하이노로의 몸을 감쌌다. 영혼 포식을 사용한 것이다.

—약속했……!

일이 틀어진 것을 눈치챈 하이노로가 무어라 말을 하려 했지만 신혁돈의 에르그 에너지에 비해 가진 에르그 에너지 양이 너무나도 적었기에 순식간에 흡수당하고 말았다.

"이건 뭐… 내가 악당 같군."

신혁돈은 몸속 가득 차오르는 에르그 에너지와 머릿속으로 밀려오는 정보의 홍수를 느끼며 자리에 앉았고 그대로 눈을 감았다.

제5장

숨겨진 진실 I

일순간, 영원히 계속될 것만 같았던 엘 코로스들의 공격이
멈추었다.

"끝… 난건가?"

몇몇 길드원들의 시선이 천장에 뚫린 구멍으로 향했고 그
사이 윤태수는 자신의 앞에 멍하니 서 있는 엘 코로스의 목
을 베었다.

서걱!

바로 옆에 서 있는 동족의 목이 잘려 에르그 코어가 떨어지
는 상황에서도 엘 코로스들은 미동도 하지 않았다. 그 모습을

본 윤태수는 몇 마리를 더 죽인 뒤 말했다.

"끝난 것 같은데. 도시락!"

윤태수는 하늘을 날며 불을 뿜고 있는 도시락을 불렀고 그제야 상황을 파악한 도시락이 윤태수에게 날아왔다.

윤태수는 그 자리에서 몸을 날려 도시락의 등에 오르며 말했다.

"위로 가보자."

윤태수가 위층으로 향하자 백종화가 언령을 사용해 그 뒤를 따르며 말했다.

"어떻게 된 건지 알아보고 올 테니 뒷정리 좀 해줘."

그간 길드원들을 이끌며 결정을 내리던 두 사람이 동시에 하늘로 올라가자 길드원들은 서로를 바라보았고, 그때 고준영이 나서며 말했다.

"일단 엘 코로스들 목부터 따놓읍시다."

전투가 끝났든, 아니든 어쨌거나 엘 코로스들에게서 에르그 코어를 채집해야 하는 사실은 변하지 않는다.

고준영의 말을 들은 이들은 곧바로 엘 코로스들을 정리하기 시작했다.

*   *   *

[아이가투스의 눈속임 망토가 성장했습니다.]

아이가투스의 눈속임 망토 [Unique]

─감각의 마왕 아이가투스의 힘이 깃든 망토입니다.

─착용 시 사용자의 몸에 맞추어 크기가 변화합니다.

─착용 시 10시간에 한 번 '눈속임'을 사용할 수 있습니다.

─'눈속임'

지정한 대상의 오감을 2초간 차단한다,

─사용자의 몸에 인간의 한계를 넘어선 오감이 깃듭니다.

─에르그 에너지를 탐지할 수 있는 거리가 늘어납니다.

─아이가투스의 힘이 깃든 무구를 모으는 것으로 성장 가능합니다.

─현재 성장 단계 : 10/11

─성장 한계치 : [알 수 없음]

[포식의 스킬 랭크가 상승하였습니다.]

[영혼 포식의 스킬 랭크가 상승하였습니다.]

[영혼 강타의 스킬 랭크가 상승하였습니다.]

…….

하이노로의 기억과 에르그 에너지 흡수를 마친 신혁돈이 눈을 뜸과 동시에 셀 수 없을 정도로 많은 메시지 창이 그의 시야를 가득 메웠다.

상상할 수 없을 만큼 거대한 에르그 에너지를 흡수한 결과, 신혁돈이 보유하고 있던 모든 스킬의 랭크가 한두 단계씩 오른 것이다.

그뿐만 아니라 아이가투스의 눈속임 망토 또한 어마어마한 성장을 거쳤고 신혁돈은 아이가투스의 눈속임 망토를 처음 얻었을 때와 비슷한 어지러움을 느껴야 했다.

눈에 보이는 모든 것이 현미경으로 보는 듯 확실히 보였고 후각과 청각, 미각 또한 극도로 발달되어 가만히 있는 것만으로도 한 번에 처리할 수 없을 정도의 엄청난 정보가 밀려들었다.

"후……."

신혁돈은 오감 중 시각을 제외한 모든 감각을 차단한 채 하나씩 익숙해지며 감각을 열어갔다.

몽골인들이 6㎞ 밖에 있는 손바닥만 한 글씨를 읽을 수 있다 했던가.

지금 상태라면 10㎞ 밖에 있는 개미도 볼 수 있을 것 같았다.

청각은 지구가 자전하는 소리를 들을 수 있을 것 같았고 후각은 개미의 페로몬 냄새를 맡을 수 있을 것 같았다.

혀를 움직여 이에 가져다 대자 엊그제 먹었던 고기의 맛이 느껴진다.

땅에 누워 있는 것만으로 옷과 바닥 그리고 체모의 촉감까지 느껴지는 것은 꽤나 불쾌한 일이었다.

그뿐만 아니다.

예민해진 촉각 덕에 몸을 움직일 때마다 공기가 몸에 닿는 것이 느껴졌고 그것은 작은 고통으로 다가왔다.

'돌겠군.'

하나씩 감각을 체크한 신혁돈은 마지막으로 에르그 에너지의 탐지 범위를 확인해 보았다.

'기습을 당할 리는 없겠군.'

그가 마음을 먹는다면 몇 km 밖에서 움직이는 개미의 에르그 에너지조차도 파악할 수 있을 것 같았다.

'익숙해져야지.'

모든 감각에 익숙해진 신혁돈은 자신에게 다가오고 있는 윤태수와 백종화, 그리고 도시락의 기운을 느끼며 고개를 돌렸다.

"형님?"

"그래."

"…형님?"

신혁돈이 대답했음에도 불구하고 윤태수는 떨떠름하다는 표정으로 신혁돈을 바라보았다. 그는 10m가 넘는 거리에 있는 윤태수의 눈동자에 비친 자신의 모습을 확인할 수 있었다.

'눈이 노랗다.'

정확히는 동공이 하이노로의 에르그 에너지처럼 샛노랗게 빛나고 있었다.

"형님 눈이……."

하이노로의 피조물들과 싸우며 샛노란 에르그 에너지가 하이노로의 힘이라는 것을 피부로 겪은 두 사람이었기에, 섣불리 신혁돈에게 다가오지 않은 채 거리를 두고 서서 말했다.

"하이노로의 힘을 흡수했기 때문인 거 같은데."

아까부터 몸속에서 들끓고 있는 에르그 에너지들이 제멋대로 뻗어나가고 있는 모양이었다. 신혁돈은 눈을 감은 뒤 길게 숨을 들이쉬었다.

그리고 다시 눈을 떴을 때, 그의 눈을 덮고 있던 샛노란 에르그 에너지는 사라져 있었다.

"됐나?"

"어떻게 된 겁니까?"

"네 말대로 하이노로를 먹었다."

그의 대답에도 두 사람은 거리를 줄이지 않았고 윤태수가 굳은 얼굴로 물었다.

"…좀 그런 말이긴 합니다만, 물어보긴 해야겠습니다. 잠식당하신 건 아니지 말입니다."

"아니다."

충분히 의구심이 들 만한 상황이었기에 신혁돈은 그들을 탓하지 않았다.

그 순간.

신혁돈의 머릿속에 하이노로가 했던 말이 떠올랐다.

"네 능력으로 내 힘을 흡수할 수 있다 생각하나 본데, 어림없는 생각이다."

이런 말을 한 것에 비해 하이노로의 힘은 쉽다는 생각이 들 정도로 간단히 신혁돈에게 흡수되었다.

'숨겨진 무언가가 있었단 말인가.'

하이노로의 기억이 신혁돈에게 흡수되었고 그의 기억을 모두 가지긴 했지만 그의 주체는 여전히 신혁돈이다.

기억은 단순히 기억일 뿐 그가 사고하고 판단하는 데 있어 어떠한 영향을 줄 순 없다.

'한데……'

과연 확신할 수 있을까.

대답을 마친 신혁돈의 미간이 구겨지자 두 사람의 미간 또한 함께 찌푸려졌다.

"형님?"

"잠식 혹은 하이노로에게 정신을 빼앗긴 건 확실히 아니다. 하지만 그놈의 기억을 흡수하면서 내게 어떤 변화가 생겼을 가능성에 대해서는 확신할 수 없다."

지금까지 아무런 문제가 없었다고 앞으로도 문제가 생기지 않을 것이라 장담할 수는 없다.

그간 이 정도로 성장한 정신, 그리고 이만한 양의 에르그 에너지를 가진 괴물을 포식해 본 적이 없기에 더욱이 확신할 수 없다.

신혁돈은 짧게 한숨을 내쉰 뒤 말했다.

"일단 확실한 것부터 말하마. 하이노로는 죽었고 여덟, 아홉, 열 번째 시련이 함께 클리어되었다. 즉, 다음번에 바로 아이가투스를 죽일 수 있다는 거지."

신혁돈은 턱짓으로 차원석 잔해의 위를 가리켰고 두 사람의 시선이 그 위에 떠 있는 가이아의 목소리를 발견할 수 있었다.

"그리고 하이노로가 말했던 가이아에 대한 것들은… 모두 사실이다."

"…가이아가 마신이 만든 시스템이란 말입니까?"

"맞아."

신혁돈의 확인 사살에 두 사람은 뒤통수를 얻어맞은 듯 멍한 얼굴이 되었다.

"헤르메스가… 옳았던 것인가."

가이아의 존재 이유에 대해 끊임없이 의문을 표하던 그의 행동을 무시했건만, 그가 옳았다.

"그건 좀 다르다."

"예?"

"일단 지구로 돌아가자. 그리고 가이아를 만나 이야기를 해야 한다."

신혁돈의 대답에 두 사람의 미간이 다시 한 번 찌푸려졌다.

하이노로가 주장하던 것은 가이아를 죽이는 것이었다. 한데, 그의 힘을 흡수한 신혁돈이 가이아를 만나려 한다니.

"만약, 진짜 만약에 말입니다. 형님이 어떠한 일이건 간에 마신의 편으로 넘어가게 된다면… 저희는, 아니, 각성자 모두가 연합한다 한들 형님을 죽일 수 없습니다."

하이노로의 힘을 얻기 전에도 넘볼 수 없는 산과 같은 존재였던 이가 하이노로의 힘까지 얻어, 이제는 산 그 위의 존재가 되어버렸다.

신혁돈이 마음먹고 지구를 침공하려 한다면?

인류는 몬스터 브레이크 때와는 비교도 할 수 없는 재앙을 맞이하게 될 것이다.

윤태수의 말에 신혁돈은 대답을 아꼈고 그가 말을 이었다.

"그러니 형님이 하이노로의 기억, 그러니까 그의 정신이 형님에게 어떠한 해도 끼치지 않았다는 것을 증명하기 전까지는 지구로 돌아가는 것에 동의할 수 없을 것 같습니다."

그의 말에 백종화가 고개를 끄덕였고 종래에는 신혁돈 또한 고개를 끄덕였다.

자기 자신에 대해 의심이 드는 상황에 누굴 의심하고 누굴 벌한단 말인가.

"맞는 말이다."

"남은 식량과 지구의 상황을 봤을 때, 길면 한 달 정도는 버틸 수 있을 겁니다. 그 안에 저희를… 설득시켜 주십시오."

막말로 신혁돈이 돌아섰다면 패러독스 모두를 죽인 뒤 홀로 돌아가 '이번 전투에서 모두가 죽었다'라고 한다면 진실은 그대로 묻히게 된다.

"그럴 필요 없어."

"예?"

"차원 관문을 열어줄 테니 먼저 돌아가서 가이아의 위치를 파악해 둬라. 그리고 한 달이 지나도 내가 돌아오지 않는다면 너희끼리 진실을 추구해라. 나는… 알아서 할 테니."

윤태수는 그의 말을 곱씹으며 생각해 보았고 그가 한 말이 지금 상황에 가장 적절한 답안이라는 생각이 들었다.

"그렇게 합시다. 그럼 아까 하다만 말씀마저 해주십시오. 다르다는 건 무슨 뜻입니까?"

"가이아의 모체는 마신이 맞다. 하지만 뜻을 달리하고 있다. 쉽게 말하자면 반군 같은 거지."

"…마신의 뜻을 따르지 않는다는 말입니까?"

"맞아. 하이노로 또한 가이아와 대화를 나누어본 적이 없어 제대로 된 기억이 없긴 하지만 종합해 보자면 이렇다."

지금까지 열한 개의 차원을 거친 가이아는 지구에서 지성이 있는 종족을 처음 만났고 그들에게 정을 붙이는 실수를 저질렀다. 그 때문에 가이아는 인류를 범위 값 이상으로 성장시키고 있고, 이는 체계화된 시스템에 해를 끼칠 수 있다. 차기 마왕 후보로 거론되고 있던 가이아인 만큼 적절한 조치가 필요할 것으로 여겨지며 조치는 시스템의 소거가 적절할 것으로 보인다.

신혁돈의 말을 끝까지 들은 윤태수는 의아한 표정을 지으며 물었다.

"쉽게 말하자면 가이아가 인류를 위해 마신을 배신했다… 는 겁니까?"

"그렇다."

"…뭐가 아쉬워서 말입니까?"

"그걸 물으러 가야겠지. 그리고 가이아를 죽이면 마신이 인류를 노릴 수 없게 된다는 것 또한 사실이다. 가이아가 구성해 둔 시스템은 가이아가 죽는다 한들 사라지는 것이 아니고, 가이아의 힘이 전 지구로 퍼지기 때문에 각성자가 나타날 가능성이 높아질뿐더러 대기 중의 에르그 에너지 분포가 높아져 더욱 빨리 강해지기 때문이지."

"그럼 이 차원을 관리하는 하이노로가 죽었으니 이 차원 또한 같아지는 겁니까?"

"이미 재배가 끝난 차원까지는 모르겠다."

신혁돈의 말을 되짚어보며 곰곰이 생각하던 윤태수가 입을 쩍 벌리며 물었다.

"…맙소사. 형님은 하이노로의 에르그 에너지를 전부 흡수했잖습니까? 그럼 도대체 얼마나 강해지신 겁니까?"

"전부 흡수한 건 아니다. 하이노로가 관리하는 차원들을 유지하는 데 묶여 있는 에르그 에너지, 그리고 괴물들을 유지하는 데, 생성하는 데 들어간 에르그 에너지를 제외하면 내가 흡수한 것은 20% 정도에 불과하다. 그 또한 섭취하는 과정에 소실된 게 절반이니 10% 정도라 볼 수 있겠군."

그렇다 해도 한 차원을 관리하는 이가 가지고 있던 에르그 에너지의 10%다.

"얼마나 많은지 감도 안 잡히네."

윤태수의 말에 백종화가 고개를 끄덕였고 신혁돈은 자리에서 일어서며 말했다.

"내려가서 지구로 통하는 차원 관문을 만들어주마. 일단 지구로 돌아가 아까 말한 대로 하고 있어라."

"알겠습니다."

*   *   *

차원관문 또한 하이노로의 힘을 얻으며 스킬 랭크 업이 되었다. 애초에 차원관문을 자주 사용하지 못했던 이유가 에르그 에너지의 소모 때문이었기에 길드원 전부를 지구로 돌려보내는 데 애로사항은 없었다.

"형님, 그럼 먼저 가 있겠습니다."

마지막으로 차원관문을 건너려던 윤태수는 뒤로 돌아 신혁돈에게 다가와 자신의 손에 끼워져 있던 바벨탑의 반지를 건네며 말했다.

"대화라도 통해야 하지 않겠습니까."

"그래."

말을 마친 윤태수는 고개를 끄덕인 뒤 뒤도 돌아보지 않고 차원관문을 향해 걸어갔다.

윤태수를 마지막으로 모든 길드원들이 차원관문을 통과하자 신혁돈은 차원관문을 없앴다. 그러자 그 모습을 지켜보고 있던 바르칸티가 물었다.

"아쉽지 않나?"

"뭐가?"

"너도 네 차원으로 돌아가고 싶을 텐데."

"그전에 해결해야 할 문제가 남았다."

"정신… 어쩌고 말인가. 역시 강한 힘에는 그만한 책임이 따르는 법이지."

"그거랑은 조금 다르지 않나?"

"뜻만 통하면 되지."

바르칸티는 껄껄 웃으며 신혁돈을 향해 손을 건넸고 신혁돈은 그의 손을 마주 잡으며 인사했다.

"고맙다."

"그래."

"나에게 원하는 것이 있나?"

"빚으로 남겨두지. 당신도 이제 바쁘지 않나? 잠들어 있는 종족들을 깨워 부흥시켜야지."

"그래. 그렇지."

"그럼 움직여."

단호한 신혁돈의 말에 바르칸티는 멋쩍은 듯 뒤통수를 벅벅 긁더니 그에게 물었다.

"여기 있을 생각인가?"

"일단은."

"도움이 필요하면 언제든 나를 찾아와."

"그러지."

말을 마친 바르칸티는 아쉬움이 남는지 제자리에 서 있었고 신혁돈은 그를 뒤로한 채 천장의 구멍을 향해 날아갔다.

테라네이 전체를 밝히고 있던 하이노로의 빛의 문신이 사라졌기에 실내는 암흑 그 자체였지만 아이가투스의 눈속임 망토로 인해 진화된 감각 덕에 불편한 것은 전혀 없었다.

신혁돈은 발에 걸리는 차원석들을 대충 밀어 치운 뒤 앉아 눈을 감았다.

'잠식이라.'

포식으로 얻은 괴물들의 힘을 사용할 때는 잠식의 위험을 항상 안고 있었지만 헛된 우상을 통해 수르트의 힘을 사용하게 되면서 잠식에 대한 위험에서 벗어났다고 생각했다.

하지만 포식 스킬에서 파생된 스킬이기 때문에 완벽히 벗어난 것이 아니었고 신혁돈이 모르는 사이 그의 정신을 좀먹고 있을 가능성이 생긴 것이다.

'일단 나부터 살핀다.'

눈을 감은 신혁돈은 영화를 감상하듯 자신의 머릿속에 들어 있는 수많은 개체들의 기억을 돌아보기 시작했다.

제일 처음 먹어 힘을 얻었던 혼 고트부터 영혼 포식을 사용하기 시작한 때, 그리고 지금의 하이노로까지.

빛도, 무엇도 없었기에 시간의 흐름조차 느낄 수 없는 공간 안에서 신혁돈은 자신의 모든 것을 살피고 또 살폈다.

그때, 그의 머릿속에 목소리가 울려 퍼졌다.

―계약자여.

전에 들어본 적 있는 목소리.

"수르트."

―그렇다.

입과 목이 비쩍 말라 갈라진 쉿소리가 나왔지만 신혁돈은 개의치 않았다.

"무슨 일이지."

―무얼 하는 건가?

"힘을 흡수하는 중이다."

신혁돈은 머리로는 자신의 기억을 되짚으며 다시 한 번 의지를 확립하고 있었고 몸으로는 흡수한 에르그 에너지를 움직이며 익숙해지도록 노력하고 있었다.

―그렇게 보이지 않는다.

"무슨 말이 하고 싶은 거지?"

―자신의 목적에 대해 의심을 품는 것은 꽤나 훌륭하다고 보인다. 하지만 그 이상의 것을 의심하는 것은 독이 된다.

"그래서?"

─계약자 자신을 살피는 것으로 끝내라는 뜻이다.

"참고하지."

수르트는 나타날 때와 똑같이 어떠한 전조도 없이 사라졌다. 집중이 깨진 신혁돈은 눈을 떴다.

'얼마나 지난 거지.'

수백 개에 이르는 괴물들의 삶, 그리고 얼마나 긴 세월을 살아왔을지 모르는 하이노로의 기억까지 전부 살폈다.

그 덕에 놓쳤던 것들을 되짚었으며 에르그 에너지는 모두 자신의 것으로 만들었고 새로 깨달은 것 또한 많았다.

그럼에도 답은 나오지 않았다.

신혁돈이라는 인간에 하이노로가 하나 더해졌다고 한들 그것으로 인해 자신이 달라진 것은 없다. 그저 계단 하나를 더 올랐을 뿐이다.

어떻게 보면 나아가야 할 길에 대한 끊임없는 의심은 당연한 것이다.

자신이 옳은 길로 가고 있는지, 이 방법과 수단이 맞는지에 대해 고찰하는 것은 자신의 미래를 위해 당연히 해야 할 일 중 하나니까.

하지만 그 행동을 하고 있는 자신에 대해 의심하는 것은, 수르트의 말마따나 옳지 않다.

신혁돈은 고개를 끄덕인 뒤 말했다.

"나는 변하지 않았다. 그리고 변할 일 또한 없다."

지금까지 그래왔고 앞으로도 그럴 것이다.

＊　　　　＊　　　　＊

패러독스의 아지트이자 이서윤의 집.

거실에 중앙 테이블에 윤태수와 고준영이 머리를 맞댄 채 지도를 뚫어져라 바라보고 있었다.

"하이노로처럼 가이아도 지구 어딘가에 본체를 두고 숨어 있을 거 아니야."

"그렇겠지 말입니다."

"어딜까."

"…이제 알아봐야지 말입니다."

"아니, 일단 범위를 정해야 할 거 아니냐."

고준영과 윤태수의 만담 아닌 만담을 듣고 있던 이서윤이 헛웃음을 흘리며 말했다.

"저기 가이아의 사제 두고 엄한 사람한테 물어보고 있네."

"…오?"

윤태수와 고준영의 고개가 동시에 홍서현에게로 돌아갔고 홍서현은 피곤하다는 듯 미간을 찌푸렸다.

"서현 씨, 가능합니까?"

"제가 임의로 메시지를 전한 적은 없어서 모르겠는데, 한 번 해볼게요. 뭐라고 전하면 되죠?"

"얼굴 한 번 봅시다… 는 좀 그렇고. 얘기 좀 합시다… 도 그렇고. 뭐라 하지?"

윤태수는 진지한 얼굴로 고준영을 바라보았고 그 모습에 홍서현이 한숨을 내쉰 뒤 말했다.

"알아서 할게요."

말을 마친 홍서현은 거실을 벗어나 자신의 방으로 향했다.

그녀의 뒷모습을 바라보고 있던 윤태수는 그녀가 완전히 떠난 것을 확인한 뒤에 말했다.

"그러고 보니 전에 고르곤 죽일 때, 가이아가 서현 씨를 통해 우리를 바라보고 있다 하지 않았나?"

"…잘 기억이 안 나는데 비슷한 말을 했던 것 같지 말입니다."

"그게 다른 차원으로 넘어가서도 적용될까?"

"그걸 제가 어떻게 압니까?"

"쓸모없는 자식아."

"예?"

"…말을 말자."

다른 차원으로 넘어가서도 시스템의 메시지 창이 뜨는 것을 보면 가이아의 손길이 어디에나 닿는다고 볼 수도 있었다.

하지만 아이가투스에 의해 백차의 차원에서 강제로 이동당할 때 가이아는 '자신이 할 수 있는 것이 아무것도 없다'고 했었다.

"어쨌거나 지켜보고 있다는 가정을 하면, 우리가 말한 걸 다 알고 있겠네."

"그렇겠지 말입니다."

"그럼 어쩌지?"

"뭘 말입니까?"

"멍청한 자식아, 가이아가 다 알고 있으면 우리가 무슨 말을 하던 간에 그에 대한 대비책을 세워둘 수 있잖아. 이를테면 거짓말을 하는 거지. 우리를 돕겠다고, 마신을 죽이겠다고 말이야."

"예."

고준영은 아직까지 이해가 되지 않는다는 얼굴이었고 그 얼굴을 본 윤태수는 짧은 한숨을 내쉬며 말했다.

"만약에 가이아의 목표가 마신을 죽이고 인간을 구원하는 것이 아니라 자신이 마신의 자리에 오르는 거라면? 마지막 순간에 우리 뒤통수를 세게 후린다면?"

"…망하겠지 말입니다."

"그래, 그게 문제라고."

어제까지만 해도 당연히 우군이라 생각하고 있던 이를 의심하기 시작하니 끝도 없었다. 두 사람의 대화를 듣고 있던 백종화가 말을 던졌다.

"간단한 해결책이 있네."

"뭡니까?"

"혁돈 형님이 먹어버리면 되는 거 아니야? 뒤통수를 치기 전에 먼저 쳐버리는 거지."

"안전성 면에서는 확실하겠지만… 만약 아군이라면 어떻게 되는 겁니까?"

"우리가 살고 봐야지."

백종화의 말에 윤태수는 입술을 씹었다.

확실히 가장 좋은 방법이긴 하다.

변수를 없앰과 동시에 아군의 힘을 키울 수 있는 방법이니까.

"가이아가 무슨 생각을 하고 있는지부터 파악하는 게 맞는 것 같습니다."

"그전에 위치부터 찾아야 하고."

백종화의 말에 담긴 무게를 버티지 못한 고준영은 고개를 휘휘 저으며 나가떨어졌고 윤태수는 긴 한숨을 내쉬며 소파에 기대 앉았다.

"결국 원점이네."

순간 의욕을 잃은 윤태수가 늘어지자 이서윤이 테이블로

다가와 펼쳐진 지도를 살피며 물었다.

"아이기스나 진실의 눈에는 말했어요?"

"시련을 클리어하고 돌아왔다는 말만 했습니다. 괜히 더 퍼져서 좋을 것 없는 소문이잖습니까."

"그건 그렇죠."

대답을 마친 이서윤이 테이블에 기대 앉자 윤태수가 일어서며 물었다.

"광역으로 피해를 줄 수 있는 무기 개발은 어떻게 되어갑니까?"

"개발할 생각 없는데요."

"어차피 가이아를 찾을 때까지 할 일도 없는데 하나 만들어주시면 안 됩니까? 개발비는 제가 대겠습니다."

원거리에서 공격할 수 있는 석궁이라는 무기가 있긴 했지만 문제는 적의 수였다.

적의 수가 상상을 초월할 정도로 많아지면 원거리고 근거리고 아무런 필요 없이 체력 싸움으로 바뀐다.

그때 판을 뒤집을 수 있는 것이 적 모두에게 피해를 줄 수 있는 스킬과 무기다.

이를테면 고르곤의 심장을 지키는 흉갑에 붙어 있던 고르곤의 분노와 같은 스킬이나 아엘로의 창과 같은 아이템들이다.

윤태수의 눈에 담긴 열망을 본 이서윤은 짧은 한숨을 토하며 말했다.

"차라리 석궁을 개조하고 말지."

"…그건 가능한 겁니까?"

"그게 차라리 실현 가능성 있다는 소리예요."

"그래요? 그럼 석궁을……."

윤태수가 끈질기게 달라붙자 이서윤은 테이블에서 내려와 소파에 앉았다. 윤태수가 그녀의 옆으로 따라가려는 때, 홍서현이 거실로 들어왔다.

"어떻게 됐습니까?"

"잘 모르겠어요. 해본 적이 없어서… 일단 오늘부터 하루에 한 번씩 말을 올려 볼게요. 그러다 보면 뭐라도 있지 않겠어요?"

"알겠습니다."

가이아에게 말을 올리는 행동 자체가 꽤나 에너지를 소비하는 과정인지 홍서현은 눈에 띄게 피곤해진 얼굴로 말했다.

"그럼 내일 뵙죠."

말을 마친 홍서현이 다시 방으로 돌아가자 윤태수는 다시 이서윤을 바라보았고, 이서윤은 질린다는 듯 고개를 휘휘 저으며 일어났다.

"아, 당신이 맡은 일이나 열심히 해요."

"그럼 만들어주신다는 뜻입니까?"

"아, 진짜!"

그녀가 진심으로 짜증을 내자 윤태수가 찌그러졌다. 그 모습을 본 이서윤은 콧방귀를 뀌고 자신의 방으로 들어가 버렸다.

그녀가 사라지자 윤태수는 언제 그랬냐는 듯 쾌활한 표정으로 일어서서 고준영을 불렀다.

"자, 그럼 내일부터 시작하자."

"뭘 말입니까?"

"서현 씨가 가이아한테 대답 받을 때까지 기다리고 있을 거야? 일단 찾아봐야 할 거 아니야. 하이노로의 본체가 숨겨져 있던 것처럼 가이아의 본체도 지구 어딘가 숨겨져 있다는 가정하에, 지구 전체를 뒤져보자고."

"…어떻게 말입니까?"

"아이기스랑 진실의 눈에 협조해 달라고 해. 일단은 지구 어딘가 거대한 차원석이 있는데 그게 위험한 존재다, 뭐 이런 식으로 말하는 방법으로."

"하긴 찾는다 해도 꿀꺽한 집단들은 아니니… 그렇게 합시다."

가만히 듣고 있던 이들 또한 하나둘씩 의견을 더하기 시작했고 곧 구체적인 방안이 완성되자 윤태수가 말했다.

"괜찮은 방법이네. 그럼 오늘은 여기까지 하고 내일부터 움직입시다."

윤태수의 말에 길드원들은 피곤한 눈을 비비며 각자의 방으로 향했다. 홀로 남은 윤태수는 다시 한 번 계획서를 살핀 뒤에야 잠에 들었다.

그 뒤로 20일이 흘렀다.

*   *   *

쿠웅!

사마귀와 사자를 반씩 섞어놓은 외형의 괴물이 쓰러졌다.

자신보다 배는 큰 괴물을 쓰러뜨린 윤태수는 지겹다는 얼굴로 짧게 한숨을 내쉰 뒤 말했다.

"차원석 부수고 올 테니 경계하고 있어."

"넵."

윤태수가 차원석을 부수러 화이트 홀로 들어갔고 길드원들은 주변을 경계하며 에르그 코어를 챙겼다.

"맨날 화이트 홀이네."

"그러게 말입니다."

에르그 에너지가 밀집되어 있다는 제보를 받고 가보면 대부분이 화이트 홀 발생 지역이었고, 그게 아니면 화이트 홀이 제거된 지역이었다.

"뭐 좋은 일 하는 거지."

목적이 전도된 느낌이긴 했지만 전 세계를 돌며 화이트 홀 제거 작업을 하는 것도 나쁘진 않았다.

전 세계의 사람들은 패러독스가 나타날 때마다 연예인이라도 본 듯 환호하고 응원해 주었으며 사인을 받으려 했다.

때아닌 인기몰이에 신이 난 사람들이 있는가 하면 아닌 이들도 있었다.

"또 사람들 몰린다."

"저러다 한번 데여야 정신을 차리지."

백종화가 지긋지긋하다는 듯 혀를 찼고 고준영이 그에게 다가서며 말했다.

"에이, 그건 아니지 말입니다."

화이트 홀 제거를 하다 보면 패러독스의 전투를 구경하기 위해 사람들이 몰려드는 경우가 다반사였다.

괴물들이 어디로 튀어나갈지 모르는 상황에 민간인의 안전까지 신경 쓰다 보니 스트레스를 받는 것은 당연한 것이었다.

"태수 나오면 바로 돌아간다."

"예."

곧 차원석을 부순 윤태수가 목걸이 하나를 들고 돌아왔고 길드원들은 곧바로 도시락의 등에 올랐다.

"무슨 아이템입니까?"

"활기를 돌게 해주고 생명력을 높여준다는데… 필요한 사람?"

"민희 주는 게 괜찮지 않겠습니까? 민희 말고 다른 사람들한테 줘봤자 어차피 한 대 스치면 치명상인데."

"그건 그렇지."

윤태수는 김민희에게 목걸이를 건넸고 김민희는 고개를 끄덕여 감사를 표한 뒤 목걸이를 받아 목에 걸었다.

"예쁘네."

"제가요?"

"아니, 목걸이."

김민희는 도끼눈을 뜨고 윤태수를 노려보았고 윤태수는 휘파람을 불며 도시락의 등에 누웠다.

"아이고, 무슨 세계 일주하는 기분이네."

"하는 기분이 아니라 하고 있지 말입니다."

길드원들이 대화를 나누는 사이 도시락이 숙소에 도착했고 길드원들은 각자의 방으로 향했다.

똑똑.

자신의 방에 누워 있다 선잠이 든 윤태수는 누군가 방문을 두드리는 소리에 번쩍 눈을 떴다.

"누구십니까?"

"홍서현이요."

그녀의 목소리를 들은 윤태수는 곧바로 문을 열어주며 물었다.

"어쩐 일로……?"

"가이아 님께서 응답하셨어요."

"드디어… 뭐랍니까?"

"타르타로스에 뿌리가 박혀 나갈 수 없는 상황이니 자신을 찾아와 달래요. 감시를 당하고 있기 때문에 자세한 내용은 말할 수 없다고 하더군요."

윤태수는 대답을 들으며 냉장고로 향했고 홍서현은 소파에 앉았다. 냉장고에서 물을 꺼낸 윤태수가 홍서현에게 물었다.

"물이라도 드릴까요?"

"아뇨. 괜찮아요."

윤태수는 생수를 따 한 모금을 마신 뒤 물었다.

"하이노로의 말이 사실이라면, 감시를 당하는 건 이해할 수 있으니 넘어가고… 타르타로스는 어디입니까?"

"우리말로 하면… 지옥이요."

물을 한 모금 더 마시려던 윤태수의 손이 그대로 멈추었다.

"…예?"

"하데스의 땅, 망자의 도착지. 심연, 티탄의 감옥. 뭐 그런 이름들이 더 있지만 지옥이 가장 알맞은 표현이죠."

"이름만 지옥이겠죠?"

홍서현은 잘 모르겠다는 듯 어깨를 으쓱였고 윤태수는 한 손으로 마른세수를 한 뒤 고개를 끄덕였다.

"뭐 지옥이든 어디든 안 갈 순 없으니… 알겠습니다. 위치는 알고 계십니까?"

"지도를 보면 알 거 같은데, 지도 있으신가요?"

윤태수는 지도를 꺼내 테이블에 펼쳤고 지도를 살피던 홍서현은 손가락으로 한 곳을 찍었다.

"그리스 산토리니라… 어디서 들어본 거 같은데."

"새하얀 벽과 파란 지붕의 건물들로 유명한 섬이에요."

"아아, 알 것 같습니다. 산토리니 섬 어딘가에 타르타로스… 그러니까 가이아에게 갈 수 있는 길이 숨겨져 있다. 뭐 그런 겁니까?"

"그렇겠죠. 저도 제가 알고 있는 게 아니라, 머릿속에서 누군가 가르쳐 주고 있는 그런 느낌이라서 확답을 드릴 수가 없어요."

"위치라도 찾은 게 어딥니까. 그럼 내일 날이 밝는 대로 그리스로 출발하겠습니다."

"예."

다음 날.

패러독스는 아이기스에서 제공해 준 비행기를 타고 산토리니에 도착할 수 있었다.

"아름답네."

"그러게."

새하얀 골목, 파란 교회당, 하늘색을 그대로 빼다 박은 바다의 색까지. 빛에 씻긴 섬이라는 뜻의 산토리니는 허명이 아니라는 듯 절경을 뽐내고 있었다.

하지만 길드원들의 눈에는 아름다운 섬이 아닌, 지옥의 입구로 보일 뿐이었다.

공항에 도착한 길드원들은 아이기스에서 제공해 준 차를 타고 산토리니의 중심가로 이동해 숙소를 잡은 뒤 카페에 모였다.

"이제 어디로 가면 됩니까?"

윤태수의 물음에 홍서현은 눈을 감은 뒤 이리저리 고개를 돌렸고 곧 눈을 뜨며 말했다.

"이쪽이요."

그녀가 가리킨 곳으로 모두의 시선이 돌아갔고 윤태수가 되물었다.

"…저긴 바단데 말입니다."

"저 바닷속으로 가라고 하고 있어요."

"…가이아가 말입니까?"

"예."

"진짜 지옥으로 가라는 거 같네."

짧게 한숨을 토한 윤태수는 이서윤을 바라보며 물었다.

"물속에서 숨을 쉴 수 있는 장치 같은 게 있을까요?"

"예. 에르그 에너지로 작동하는 산소호흡기가 있긴 해요. 제가 만든 건 아니고요."

"그럼 아이기스 측에 주문하고… 또 뭐가 필요하려나."

윤태수의 말에 고준영이 답했다.

"차원문 들어가는 것만큼은 준비해야 하지 않겠습니까. 전투가 있을지 모르잖습니까."

"그래. 그럼 호흡기가 올 때까지는 각자 관광이나 합시다."

윤태수의 말에도 길드원들은 카페에서 일어나지 않고 근심 가득한 표정으로 바다를 바라보고 있었다.

*   *   *

"후……."

차원관문을 통과한 신혁돈은 길게 숨을 들이쉬었다.

'에르그 에너지의 농도가 더욱 높아졌군.'

화이트 홀이 계속 열리고 괴물의 시체가 쌓여가면서 지구 대기 중에 분포되어 있는 에르그 에너지의 양이 늘어나고 있었다.

각성자들이 소모한 에르그 에너지를 모으기 편해지고, 자연 각성의 가능성이 높아지긴 하지만 그만큼 강한 괴물들이 날뛸 환경이 조성되고 있는 것이었다.

주변을 살펴 현재 위치를 파악한 신혁돈은 그대로 하늘로 날아올랐고 그와 동시에 불의 날개를 펼친 뒤 아이기스의 본사를 향해 날아가기 시작했다.

아이기스의 본사 꼭대기 층, 조훈현의 집무실.

패러독스가 전 세계를 돌며 화이트 홀을 정리해 주고 있는 덕에 한숨을 덜게 된 조훈현은 오랜만에 여유를 즐기며 거울을 보고 있었다.

"흠… 괜찮은데 말이지."

가발을 쓰는 것이 무의미하다는 것을 깨달은 조훈현은 아예 머리를 밀어버렸고 강인한 인상의 대머리 아저씨가 되어 있었다.

숨기기보다 당당해지자는 발상은 좋았지만 주변 사람들의 눈에는 그렇게 보이지 않는 모양이었다.

간수호는 그를 보고 '양아치 조폭 같다' 했고 백연희는 '문어 같다'며 대머리 아저씨의 가슴을 후벼 파댔다.

한참 동안 거울을 보고 있던 조훈현은 알 수 없는 시선을 느끼며 고개를 들었다.

"뭐지?"

그의 시선이 창문으로 향했다. 그리고 그곳에서 자신을 바라보고 있는 신혁돈을 발견했다.

"허억!"

깜짝 놀란 조훈현은 의자에 앉은 채로 뒤로 넘어갔다. 신혁돈은 그의 반응은 신경도 쓰지 않은 채 차원관문을 만들어 유리창을 통과해 들어왔다.

"…세상에나."

유리창을 통과해 들어오는 신혁돈을 본 조훈현은 자신의 눈을 의심하며 계속 눈을 비볐다.

"뭐 하십니까?"

"혀… 혁돈 씨?"

"예."

"…맙소사. 혁돈 씨 맞습니까?"

"아니면 뭐 귀신이겠습니까."

쓰러진 채로 심장에 손을 얹은 조훈현은 '맙소사, 아이고' 하는 신음을 흘리며 긴 한숨을 내쉬었다.

"아니, 문을 두고 왜 그렇게 나타나십니까."

"이게 더 빠르잖습니까."

신혁돈은 불의 날개를 접은 뒤 소파에 앉았다. 그때까지 쓰

러져 있던 조훈현은 쓰러진 의자를 일으키며 신혁돈의 앞에
앉았다.

"시원해 보이십니다."

그의 말뜻을 이해하지 못하던 조훈현은 신혁돈의 시선이
자신의 머리로 향해 있다는 것을 깨닫고서 허허 웃으며 자신
의 머리를 쓰다듬었다.

"그렇죠? 전보다 좀 젊어 보이지 않습니까?"

"그건 아닙니다."

그의 단호한 대답에 조훈현은 울상을 지었다가 고개를 휘
휘 저었다.

"그게 중요한 게 아니지, 무슨 일 때문에 다른 차원에 다녀
오셨다고 들었는데 일은 잘 해결되셨습니까?"

조훈현은 말을 하면서 전화기를 들어 비서를 불렀고 신혁
돈은 그의 말이 끝날 때까지 기다렸다가 답했다.

"예."

곧 두 잔의 물을 들고 온 비서는 조훈현과 마주 앉아 있는
신혁돈의 모습을 보고선 깜짝 놀라 뒷걸음질을 쳤다.

집무실에 들어오기 위해서는 자신을 거쳐야만 들어갈 수
있는데, 신혁돈은 자신의 앞을 지나친 적이 없었다.

"어… 어떻게?"

조훈현은 자신만 알고 있는 비밀이라는 듯 씩 미소를 지으

며 테이블을 가리켰고 그녀는 테이블에 물을 내려놓은 뒤 의문에 가득 찬 표정으로 신혁돈을 바라보고 돌아갔다.

"개인 비서도 있고 출세하셨습니다."

"다 혁돈 씨 덕 아니겠습니까."

신혁돈은 당연하다는 듯 고개를 끄덕였고 기분이 묘해진 조훈현은 어색한 미소를 흘리며 물었다.

"뭐, 칭찬을 하러 여기까지 온 건 아니실 테고 어쩐 일이십니까?"

"패러독스의 위치, 그리고 그들이 있는 곳까지 갈 이동 수단이 필요합니다."

그의 말에 조훈현이 고개를 모로 꺾으며 물었다.

"전화로 직접 물어보시면 되지 않습니까?"

"번호를 모릅니다."

당당한 대답에 할 말을 잃은 조훈현은 멍하니 그를 바라보다가 답했다.

"어… 그렇군요. 패러독스는 지금 그리스의 테라 섬, 그러니까 산토리니에 있습니다. 그리고 저희 측에 수중 호흡기 스무 개를 주문했으니 그 근처 바닷속에라도 들어가려는 모양입니다. 휴가를 즐기러 떠난 건 아닐 테고… 무슨 일입니까?"

"섣불리 판단을 내리기 힘든 일인지라 일이 해결된 뒤에 말씀드리겠습니다."

"알겠습니다."

만약 자신이 알아야만 하는 일이었다면 신혁돈은 그가 알기 싫다고 해도 알려주었을 것이었다.

조훈현은 아쉬운 기색 하나 없이 고개를 끄덕인 뒤 태블릿 PC를 두들겼고 곧 신혁돈은 소파에 기대 앉아 차분히 그를 기다렸다.

얼마 후, 처리가 끝났는지 조훈현이 태블릿 PC를 내려놓으며 말했다.

"3시간 뒤 비행기고 인천공항에서 출발합니다."

"항상 감사합니다."

"하하, 아닙니다. 3시간 뒤까지 일정 있으십니까? 없으시면 식사나 같이 하고 가시죠."

"그러죠."

"나갈까요? 아니면 주문으로?"

"편한 대로 하시죠."

조훈현은 생각을 하는 듯 고개를 주억거리다가 말했다.

"중국 음식 어떠십니까?"

"좋죠."

곧 중국 음식을 주문한 조훈현은 핸드폰을 내려놓으며 물었다.

"그건 그렇고, 좀 달라지신 거 같은데요."

"어떤 게 말입니까?"

"뭐랄까, 분위기라 해야 하나. 전에는 피 묻은 망치 같은 느낌이었다면 지금은⋯ 깨끗한 검 같은 느낌입니다."

괴상한 비유에 신혁돈의 미간이 찌푸려졌고 조훈현은 피식 웃으며 말을 이었다.

"비유가 좀 이상하긴 합니다만 뭐 그렇다는 얘기입니다. 나쁜 뜻은 아닙니다."

"예."

신혁돈이 고개를 끄덕이자 조훈현은 멋쩍은 듯 털 하나 없는 머리를 벅벅 긁었다.

"아이기스는 요즘 어떻습니까?"

"제 입으로 말하긴 좀 그렇습니다만⋯ 자타공인 지구 최고의 각성자 연합이라 해도 될 정도로 성장했습니다."

"축하드립니다."

그의 기계적인 축하에 조훈현은 다시 한 번 멋쩍은 미소를 지었다.

이후 식사를 마칠 때까지 신혁돈과 조훈현은 이것저것 이야기를 나누었고 곧 비행기 시간이 되었다.

"그럼 가보겠습니다."

"예. 무슨 일인지는 모르겠지만 잘 해결되길 바랍니다. 무사히 다녀오십시오."

"감사합니다."

인사를 마친 신혁돈은 곧바로 인천공항으로 향해 그리스로 향하는 비행기에 몸을 실었다.

*　　　*　　　*

산토리니 관람은 생각보다 볼 것이 없었다.

사실, 눈에 안 들어온다는 게 더 맞는 말이겠지만.

"후."

짧은 한숨을 쉰 윤태수는 호텔 창문 밖으로 펼쳐진 새파란 바다로 시선을 던졌다.

마음에 짐이 없는 상태에서 왔다면 이 자리에 앉아 바다를 감상하는 것만으로 하루를 다 쓸 수 있을 정도로 아름다운 바다가 펼쳐져 있었다.

"문제는 그게 아니라는 거지."

신혁돈은 돌아오지 않았고 가이아의 속셈이 뭔지도 모르는 상황에 지옥이라 이름이 붙은 곳을 향해 들어가야 한다.

그것도 얼마나 깊은지 모르는 바닷속으로.

윤태수는 자신의 머리를 마구 헝클인 뒤 침대에 몸을 던졌다.

자신을 믿고 따르는 이들의 목숨이 단 한 번의 판단에 걸려 있다는 것은 생각보다 큰 무게로 다가왔다.

"참 대단한 양반이야."

든 자리보다 난 자리가 표가 난다 했던가. 신혁돈이 있을 땐 당연한 것이라 여겼던 것들 하나하나가 전부 문제로 떠올랐다.

"돌겠네."

똑똑.

윤태수가 침대 위에서 몸을 튕겨가며 발악을 하고 있을 때, 누군가 그의 문을 두들겼다.

침대에 앉아 멍한 눈으로 문을 바라보던 윤태수는 다시 한 번 똑똑 소리가 들리고 나서야 문을 열었다.

"누구… 어억."

누군지 묻기도 전에 커다란 박스 하나가 밀려 들어왔고 윤태수는 뒤로 물러나 박스를 받아 들며 말했다.

"어떤 호로… 형님?"

"그래."

"세상에, 형님. 돌아오신 겁니까?"

"그래."

윤태수는 들고 있던 박스를 내려놓고서 신혁돈을 껴안으려 했지만 신혁돈은 두 걸음 물러서는 것으로 그를 피했다.

"어떻게 되셨습니까?"

"잘됐다."

참으로 그다운 대답에 헛웃음을 흘린 윤태수는 들어오라는 말을 하며 박스를 들고 테이블로 향했다.

"이건 뭡니까?"

"호흡기. 바다 들어갈 생각이냐?"

"아, 호흡기 왔구나. 예."

신혁돈이 소파에 앉자 윤태수는 박스를 뜯어 물건들을 확인한 뒤 음료 두 병을 꺼내 소파에 앉았다.

"생각보다 오래 걸리셨습니다."

"그러게. 수르트가 아니었으면 더 오래 걸렸을 거다."

"…수르트 말입니까? 형님 무기 그거?"

"맞아."

윤태수는 아리송한 얼굴로 신혁돈을 바라보았지만 더 캐묻진 않았다. 설명을 해달라고 해서 해줄 사람도 아니거니와 들어도 이해하지 못할 게 눈에 선했기 때문이다.

대충 고개를 끄덕인 윤태수는 아, 하는 소리와 함께 말문을 열었다.

"그간 있었던 일들 짧게 설명드리겠습니다."

신혁돈이 고개를 끄덕이자 윤태수가 설명을 시작했고, 말을 하는 도중 핸드폰을 들어 길드원들에게 신혁돈이 도착했다는 문자를 보냈다.

윤태수의 설명이 끝날 때쯤 길드원들이 하나둘씩 윤태수의 방으로 모였다. 이야기 도중 문을 열기 귀찮았던 윤태수는 아예 문을 열어둔 채 이야기를 마무리 지었다.

"가이아가 바다 밑 어딘가에 있다?"

"예."

"거기 이름이 지옥이고?"

윤태수가 대답하자 신혁돈은 홍서현을 바라보며 다시 물었다. 홍서현은 고개를 끄덕이며 답했다.

"응. 좀 더 의미를 부여해 보자면 가이아의 삶과 꽤나 연관이 있는 곳이야. 가이아가 자신의 남편, 그리고 자식들을 죽이려 한 이유가 바로 타르타로스에 갇힌 자식들을 구하기 위해서였거든."

전에도 들은 적 있는 이야기다.

가이아가 낳은 자식 중, 기괴한 외모를 가지고 태어난 자식들은 타르타로스에 버려졌고 그것을 안타깝게 여긴 가이아가 그들을 다시 세상으로 나오게 해달라고 했으나 거절을 당한 일화.

홍서현의 말을 듣고 있던 고준영이 미간을 구기며 물었다.

"잠깐… 그럼 그 타르타로스라는 데 가면 가이아가 낳은 자식 중 괴물같이 생긴 놈들이 있을 수도 있다는 뜻인가?"

길드원들의 시선이 홍서현과 신혁돈에게로 향했다.

신혁돈에게로 향한 이유는 시스템 중 하나인 하이노로의 기억을 흡수했기에 알고 있을 거라는 생각이 들어서였고, 홍서현은 지금까지 지식 백과 사전 같은 노릇을 했기 때문이었다.

그중 먼저 입을 연 사람은 신혁돈이었다.

"가이아와 하이노로는 다르다. 가이아는 자신이 직접 괴물을 키우는 시스템이 아닌, 다른 마왕들의 차원을 연결하는 방식을 사용한다. 두 가지의 차이점… 까진 설명할 필요 없겠군."

"하이노로의 지식입니까?"

그의 설명을 들은 윤태수가 질문했고 신혁돈은 고개를 끄덕였다.

"그럼 괴물은 없다고 가정… 해도 됩니까?"

"차원석을 지키기 위해 하나둘쯤은 둘 수도 있지."

"…결국 모르는 거 아닙니까?"

"하이노로 때처럼 떼거리로 나오진 않을 거다."

별 도움 안 되는 조언에 대충 고개를 끄덕인 윤태수는 짝하고 박수를 쳐서 분위기를 환기시킨 뒤 말했다.

"어쨌거나 형님도 오셨고 호흡기도 도착했으니 내일 출발하겠습니다. 얼마나 깊이 들어 가야 할지 모르니 최대한 해를 길게 볼 수 있도록 아침 해가 뜨기 전에 출발하겠습니다."

그의 말에 길드원들이 고개를 끄덕였고 윤태수는 삶의 과제 중 하나를 끝냈다는 듯 긴 한숨을 내쉬며 소파에 앉았다.

"형님."

"왜?"

"매일 이렇게 힘드십니까?"

"무슨 소리야?"

"뭐랄까… 무리를 이끄는 거 말입니다."

그의 물음에 신혁돈은 미간을 구기며 이해가 되지 않는다는 표정을 지었고 윤태수는 고개를 휘휘 저었다.

하긴, 그런 것들을 신경 쓰는 양반이 아니었지.

"일단 저녁이나 먹으러 갑시다. 요 앞에 맛있는 식당 있던데, 와인 한잔 어떻습니까?"

"그러자."

전보다 기운을 차린 윤태수는 널브러진 길드원들을 전부 챙겨 밖으로 끌고 나와 식당으로 향했다.

다음 날, 새벽 4시 30분.

길드원 모두를 태운 도시락은 물오리처럼 다리를 접은 채 바다 위에 떠 있었다. 그 위에 서 있던 고준영이 말했다.

"좀… 그렇지 않습니까?"

하루 중 가장 어두운 시간이라는 해가 뜨기 직전의 바다는 빛을 모두 흡수해 버린 듯 어두웠다. 보고 있자니 빨려들어갈 것 같은 기분이 들었다.

"사내새끼가 무슨."

겁을 먹은 목소리에 윤태수가 핀잔을 주긴 했지만 그의 목소리 또한 편하지만은 않았다.

"앞으로 50… 아니 70m 정도 가줄래?"

그사이 홍서현은 도시락의 목 옆에 붙어 방향을 지시하고 있었다. 그녀의 지시를 들은 도시락은 물 위에 둥둥 뜬 채 다리를 부지런히 움직였다.

"약간 왼쪽으로."

물 위에서 놀아본 기억이 있는 건지, 아니면 본능적으로 할 줄 아는 건지는 몰라도 도시락은 꽤나 유려한 몸짓으로 방향을 조절했다. 그 덕에 길드원들은 하늘에서 바다로 다이빙하는 꼴을 면할 수 있었다.

"여기서 멈춰."

홍서현의 말에 도시락이 물장구를 멈췄고 모든 길드원의 시선이 그녀에게로 쏠렸다.

"여기예요."

"여기서 바닷속으로 들어가면 된다는 겁니까?"

"예."

누가 먼저랄 것도 없이 윤태수와 고준영이 마른침을 삼켰다.

"괴물들이랑 싸울 때보다 더 겁먹은 얼굴이네."

이서윤은 그들의 재미있다는 듯 깔깔 웃고서는 미리 지급

받은 호흡기를 얼굴에 착용했다.

마스크처럼 생긴 호흡기는 코와 입을 감싸는 형태였는데 착용한 뒤 에르그 에너지를 불어넣으면 바닷속에서도 호흡을 하게 해주는 기구였다.

"먼저 갈게요."

말을 마친 이서윤은 오리발을 착용한 뒤 한 손에 플래시를 든 채로 바다로 뛰어들었다.

"…맙소사."

새하얀 포말을 일으키며 뛰어든 이서윤은 오한이 들 정도로 차가운 물이 기분 좋다는 듯 이리저리 헤엄쳤고 그 모습을 보고 있던 이들이 하나둘씩 바다로 뛰어들었다.

끝까지 남아 있던 윤태수와 고준영은 서로 눈을 맞춘 뒤 고개를 끄덕였다.

"하나… 둘… 셋!"

두 바보까지 바다로 뛰어들자 신혁돈은 도시락에게 말했다.

"근처에 있어라. 엄한 거 잡아먹지 말고."

"까악!"

도시락은 걱정 말라는 듯 신혁돈에게 부리를 문질렀고 그는 도시락의 부리를 몇 번 쓰다듬어 준 뒤에 바닷속으로 들어 갔다.

마카라의 힘을 얻은 덕에 수중 호흡이 가능해진 신혁돈은 호흡기조차 착용하지 않은 채 길드원들의 사이에 자리를 잡았다.

'출발.'

신혁돈이 미리 정해놓은 수신호를 보내자 홍서현이 움직이기 시작했고 길드원들도 그녀의 뒤를 따랐다.

신혁돈은 홍서현의 바로 옆에 있었고 두 사람의 뒤로 셋씩 짝을 지어 움직였다.

이제 막 해가 떠오르기 시작한 그리스의 바다는 그 자체로도 아름다웠으며 물고기들이 떼를 지어 움직일 때마다 빛을 받은 비늘이 반짝이며 바닷속을 수놓았다.

물고기들에게 한눈을 파는 사이, 누군가 고준영의 손을 잡아당겼다.

고준영은 퍼뜩 정신을 차리며 그쪽을 보자 윤태수가 두 손가락으로 자신의 눈과 앞서가는 이들의 다리를 가리키는 것이 보였다. 그는 고개를 끄덕였다.

집중하라는 사인이었다.

'답답하네.'

바닷속에서는 의견을 나눌 방법이 없었기에 홍서현이 가리키는 방향으로 갈 수밖에 없었다. 그렇기에 돌발 상황에 대비해 몇 가지 수신호를 정해놓긴 했지만 완벽한 의사소통이 불가능한 것은 당연한 일.

해가 떠오르는 만큼 길드원들은 바닷속 깊숙이 들어가고

있었고 홍서현은 '얼마나 깊이 들어가는 거지?' 하는 생각이 들 정도로 끊임없이 하강했다.

해가 뜬 덕에 바닷속이 밝아져 잠시 꺼두었던 라이트가 필요할 정도로 깊게 들어가자 간간히 보이던 물고기마저도 사라졌고 수온이 차가워졌다.

얼마나 내려갔을까.

위로 고개를 들어도 제대로 된 빛이 보이지 않았고 아래를 보아도 바닥은 보이지 않았다. 앞서가는 이들을 비추고 있는 손전등과 그들이 들고 있는 손전등 빛, 그리고 가끔씩 올라가는 기포들만이 그들이 움직이고 있다는 것을 알려주고 있었다.

알 수 없는 불안감에 고준영은 시선을 가만두지 못하고 계속해서 고개를 돌려댔고 결국 윤태수가 다가와 그의 어깨를 짚었다.

그는 입 모양으로 '왜 그래' 하고 물었지만 고준영은 고개를 가로저었다.

말 그대로 알 수 없는, 근원지를 알 수 없는 불안감이었기에 말도 제대로 할 수 없는 상황에 설명할 만한 것이 아니었다.

윤태수는 이해한다는 듯 그의 어깨를 두들겨 준 뒤 다시 움직이기 시작했다. 고준영은 조금은 덜어진 불안감을 가슴에 안은 채 앞서가는 이의 뒤를 쫓아 움직였다.

얼마나 지났을까.

고준영이 느끼고 있는 답답함을 모든 길드원들이 느끼기 시작할 무렵.

'어떻게…….'

패러독스의 눈앞에 거대한 암벽이 펼쳐졌다.

마치 안개에 싸여 있던 거대한 배가 안개를 뚫고 나타나기라도 한 듯 암벽이 갑작스레 나타났지만, 홍서현은 암벽이 나타날 것을 미리 알고 있었다는 듯 자연스럽게 암벽을 향해 다가갔다.

신혁돈은 혹시 모를 상황에 대비하며 홍서현의 옆을 지켰고 길드원들은 라이트를 이리저리 비추며 암벽을 살폈다.

그사이 도착한 홍서현이 암벽에 손을 얹었고 그 순간.

그그그궁!

엄청난 기포와 함께 암벽이 갈라졌다.

그리고 갈라진 암벽 사이로 빛 한 점 보이지 않는 거대한 틈이 나타났다. 홍서현은 그곳이 길이라는 듯, 틈 사이로 들어갔다.

신혁돈은 뒤를 한 번 돌아본 뒤 틈을 향해 들어갔고, 길드원들은 울며 겨자 먹는 심정으로 틈을 향해 부지런히 발을 놀렸다.

*　　　　*　　　　*

가이아.

인류가 지금까지 살아남을 수 있도록 힘을 주고 계시를 내려준 신.

혹은 만악의 근원.

가이아가 지구에 오지 않았더라면 이런 시련은 시작되지 않았을 것이었고 인류는 평소와 다름없이 서로를 물어뜯으며 살아갔을 것이다.

어차피, 그리고 언젠가 닥칠 일이었다면 가이아가 온 것이 차라리 나은 것일까?

최악이 아닌 차악을 선택하는 것이 과연 옳을 것인가.

아니, 그전에 인류에게 선택권이라는 게 있긴 했던가.

태어날 때 어떤 부모 아래 태어나는 것을 정할 수 없듯, 이 또한 같다.

주어진 운명을 헤쳐 나갈 방법을 찾아가는 것 외의 할 수 있는 것은 없다. 절대적인 힘으로 만들어진 법칙을 바꿀 순 없지 않겠는가.

긴 생각 끝에 빛이 보였다.

'길의 끝인가.'

암벽의 틈으로 들어온 지 10여 분 만에 드디어 길의 끝, 수면이 보였다.

홍서현은 무언가에 홀리기라도 한 듯 거침없이 수면으로 올라갔고 신혁돈도 그녀의 뒤를 따라 수면으로 머리를 내밀었다.

그리고 주변을 살폈을 때, 신혁돈은 짧은 헛웃음을 흘릴 수밖에 없었다.

'조명이라니.'

타르타로스, 그러니까 지옥의 입구에선 밝은 조명이 켜져 입구를 밝히고 있었다. 전기로 작동되는 건 아닌지, 에르그 에너지의 기운이 느껴지긴 했지만 전구라는 물건 자체에서 위화감이 느껴졌다.

곧 길드원들 또한 수면으로 머리를 내밀었고 그사이 신혁돈은 땅을 밟고 섰다.

"동굴이네."

마지막으로 올라온 윤태수가 땅을 밟고 서며 말했듯, 내부는 동굴과 비슷했다.

다른 점이라면 자연적으로 생겨난 동굴이 아니라 누군가의 손길이 닿은 듯 매끄럽게 깎인 벽면과 사이사이 박혀 있는 조명 정도.

"우릴 배려한 건가."

가이아 혹은 괴물이 살고 있는 곳이라면 굳이 조명을 설치할 필요는 없을 것이었다.

"쓸데없이 섬세하네."

한마디씩 뱉은 길드원들이 모두 올라오자 홍서현이 걸음을 재촉했다.

홍서현의 발소리에 그녀의 등을 바라보던 길드원들의 시선이 신혁돈에게로 향했다. 그가 고개를 끄덕인 뒤 걷기 시작하자 길드원들 또한 그를 따라 걸음을 옮겼다.

물에 젖어 찰박거리는 발소리를 제외하면 아무런 소리도 들리지 않았고 그 기묘한 침묵을 참지 못한 윤태수가 말문을 열었다.

"여긴 다른 차원입니까? 아까 암벽 틈을 통과할 때 이상한 느낌이 들던데 말입니다."

"비슷하다. 정확히 말하자면 가이아의 공간이라 보는 게 맞지."

"가이아의 차원은 지구 아닙니까?"

"호루스의 눈이 만들었던 공간 기억해?"

"예."

"그거다."

윤태수는 이해가 될 듯 안 될 듯한 느낌에 일단 고개를 끄덕였다. 어쨌거나 지구가 아닌 다른 공간이라는 뜻인 것은 이해가 됐으니 뭐.

동굴은 다시 철벅거리는 소리로 가득 찼고 참다못한 윤태수가 다시 입을 열려는 순간, 물소리가 들려왔다.

곧 동굴이 넓어지며 시야 또한 넓어졌다. 동굴의 끝이 보였고 그 끝에는 호수가 있었다.

"그냥 좀 마중 나와서 이리 오세요, 하면 안 되나? 굳이 이렇게까지 해야 해?"

제일 후미에 있던 윤태수는 동굴을 벗어나 호숫가에 서서 투덜거렸고, 그의 말을 들은 고준영이 말했다.

"뭔가 생각이 있지 않겠습니까."

"이를테면 여기에 진짜 브리아레오스가 있어서 우리 모두를 죽이려 한다든가."

백종화가 고준영의 말에 한마디를 덧붙였고 모두가 그를 노려보았다. 결국 안지혜가 그의 옆구리를 찔렀고 백종화가 어깨를 으쓱했다.

"어쨌거나 여길 건너야 할 텐데 도시락이 없으니 어떻게 할까요?"

윤태수의 말에 신혁돈이 한 걸음 앞으로 나서며 말했다.

"호수 전체에 엄청난 양의 에르그 에너지가 녹아 있다. 괴물이 있다기보다는 호수 전체가 침입자를 막는 역할을 하는 것 같다."

말을 마친 신혁돈은 무릎을 꿇은 뒤 호수에 손을 담갔고 그 순간, 호수의 물이 마치 의지를 가진 생명체처럼 신혁돈의 팔을 타고 올라오기 시작했다.

"맙소사……."

물은 생각 이상으로 따뜻했다. 팔을 타고 올라오는 물에서 누군가가 그의 팔을 쓰다듬는 듯한 느낌이 느껴졌다.

신혁돈이 가만있자 그의 팔을 타고 올라와 어깨까지 적셨던 물은 다시 호수로 돌아갔다.

"뭡… 니까?"

"글쎄."

말을 마친 신혁돈은 일어서서 건너편을 바라보며 길드원들에게 말했다.

"일단 건너편에 뭐가 있나 보고 오지."

말을 마친 신혁돈은 몬스터 폼을 사용하며 세뿔가시벌레의 날개를 펼쳤다. 그가 날아오르려 하는 순간.

"잠깐만요."

홍서현이 그를 말린 뒤 호수의 중앙을 가리키며 말을 이었다.

"저기 뭐가 와요."

그녀의 말에 모두의 시선이 호수로 향했고 그 위에 떠 있는 나룻배 한 척을 발견할 수 있었다.

"…배?"

배는 느릿한 속도로 패러독스를 향해 다가왔고 그것을 보고 있던 홍서현이 말했다.

"저걸… 타래요."

배의 위에는 머리끝까지 검은 후드를 눌러쓴 이가 노를 젓고 있었으며 크기는 길드원 전부가 탈 만큼 널찍했다.

"…스틱스의 강이 생각나는데."

"넘어가면 죽는다는 그 강 말입니까?"

윤태수와 고준영의 대화에 홍서현이 말을 붙였다.

"정확히는 저승과 이승을 나누는 강이에요. 그리고 몸을 담그면 불사의 육체를 준다고 하기도 하죠."

턱!

대화를 나누는 사이 나룻배가 길드원들이 서 있는 곳에 도착했다.

"…타라는 건가?"

"그런 것 같은데요."

현대식 조명이 설치된 호숫가에 나룻배. 그리고 후드로 몸을 가린 정체불명의 사공. 그리고 이 공간을 부르는 이름인 지옥. 어울리지 않는 것들의 조화에 길드원들은 판단을 내리길 포기한 채 신혁돈을 바라보았다.

"타지."

만약 가이아를 믿지 못했다면 애초에 타르타로스에 발을 들여선 안 됐다. 이미 화살은 시위를 떠났고 패러독스가 할 수 있는 것은 사공의 안내를 받아 가이아를 만날 수 있길 바라는 것뿐이었다.

제일 먼저 신혁돈이 나룻배에 발을 올렸고 그 뒤로 길드원들이 하나둘씩 나룻배에 올랐다. 마지막으로 나룻배에 오른 윤태수는 사공의 곁을 지나며 그의 후드 안으로 시선을 던졌다.

"…맙소사."

윤태수는 질겁하며 고개를 돌렸고 그의 모습을 본 고준영이 물었다.

"왜 그러십니까?"

"아무것도 없어."

"…예?"

"아니, 아무것도 보이지 않는다. 그냥 검은 구덩이 같아."

끼이이익!

그의 말이 끝난 순간 마치 윤태수의 말에 기분이라도 상했다는 듯 사공이 노를 저었고 나룻배가 움직이기 시작했다.

윤태수는 사공을 힐끔 바라본 뒤 말을 이었다.

"저게 뭘까."

그 순간.

말없이 노를 젓고 있던 사공의 빈 후드가 윤태수에게로 돌아갔다. 윤태수는 화들짝 놀라며 고개를 돌렸다.

그러자 빈 후드는 원래의 자리로 돌아가며 조용히 노를 저었다.

호수는 생각 이상으로 넓었다. 윤태수가 입을 다문 덕에 길드원들은 호수를 건너는 데 걸린 한 시간여의 시간 동안 한마디도 나누지 않을 수 있었다.

제일 먼저 보인 것은 건물이었다.

현대식으로 지어진 단독주택.

유리창과 마당이 있고 담이 둘러져 있었으며 그것으로 모자랐는지 2층으로 지어져 있었다.

"…취향의 차이인가?"

하이노로의 차원에 아무것도 없던 것을 생각하면 이건 취향의 차이라고밖에 볼 수 없는 문제였다.

사공은 계속해서 노를 저었고 길드원들은 곧 선착장의 역할을 하는 땅에 발을 디딜 수 있었다.

"저기 가이아가 있나?"

"예."

지금까지 별다른 확신 없이 귀신이라도 씐 듯 멍하니 있던 홍서현이 확신을 담아 대답했고 신혁돈은 고개를 끄덕인 뒤 건물을 향해 걸어갔다.

건물의 정문은 열려 있었기에 신혁돈은 아무런 방해 없이 담을 지나 마당으로 들어섰다.

그제야 그의 뒤를 따라온 길드원들은 어색한 느낌을 지우지 못한 채 마당으로 들어섰다. 신혁돈은 어느새 건물 안으로 들어가고 있었다.

집 문 또한 그를 환영하듯 활짝 열려 있었다. 집 안으로 들어가 제일 먼저 신혁돈의 시야에 들어온 것은 묘령의 여인이었다.

검은 머리칼을 가슴께까지 기르고 있었으며 서양인과 비슷한 짙은 이목구비가 인상적인 여인. 게다가 청바지에 긴팔 티를 입고 있는 모습은 현대 사회에 데려다 놓으면 20대 대학생처럼 보일 정도였다.

신혁돈이 멍하니 서 있자 그녀가 말했다.

"어서 오세요."

"가이아?"

"예. 거기 서 계시면 뒤에 분들이 못 들어올 거 같은데 들어와 앉으시죠. 그리고… 상황이 좀 급박해질 것 같으니 빨리 들어오시고요."

신혁돈은 고개를 끄덕인 뒤 그녀의 앞에 놓인 소파에 앉았다. 곧이어 들어온 길드원들 또한 신혁돈을 따라 소파에 앉았다.

"이런 환경에 사시는 분들 아닌가요? 왜 그렇게 어색해하세요? 아, 가이아라는 이름 때문에 그런가요?"

가이아 나름의 농담이었는지 말을 마친 그녀는 입을 가리며 살포시 웃었고 길드원들은 어색한 미소로 화답했다.

"일단 아시다시피 저는 가이아예요. 마신이 만든 시스템이지만… 그의 의지에 반하는 시스템이죠."

"역시 보고 있었나."

"예. 서현이를 통해서, 그리고 혁돈 씨를 통해서 보고 있었죠."

"…나를?"

"예."

가이아는 대답하며 다시 한 번 미소를 지었지만 그녀를 바라보는 신혁돈의 미간은 형편없이 구겨져 있었다.

"무슨 소리지?"

"설마 모르셨나요? 자신이 되살아난 이유에 대해서?"

가이아의 말에 놀란 것은 신혁돈뿐만이 아니었다.

모든 길드원들은 '이게 무슨 소리지?' 하는 얼굴을 한 채 신혁돈과 가이아를 번갈아 보고 있었다.

"네 수작이었나."

"수작이라뇨. 조금 더 교양 있게 말하자면… 투자죠. 인류를 살리기 위한."

"내가 피닉스의 심장을 취한 것도, 이 힘을 얻고 과거로 돌아온 것도. 모두?"

"아뇨. 그건 아니에요. 쉽게 말하자면 우연의 일치인데… 길게 설명할 시간이 없어요."

"여긴 네 공간 아닌가? 왜 시간이 없다는 거지?"

그의 물음에 가이아가 허공에 손을 휘저었다.

그러자 그들을 둘러싸고 있던 건물이 순식간에 사라졌고 건물 밖 호수의 풍경이 드러났다. 길드원들의 시선이 바깥으로 향하자 가이아가 말을 시작했다.

"하이노로가 몰랐던 이야기를 해드리자면, 저는 이미 마신에게서 버려진 상태예요. 그의 마왕들이 저를 죽인 뒤 이 차원에 새로운 관리자, 그러니까 시스템을 심으려 하고 있죠."

"그런데?"

"그 시스템은 저보다 질이 떨어져요. 그래서 단독으로 보낼 수 없고… 결국 마왕들은 괴물들을 보내 저를 죽이려 하고 있죠. 문제는 제가 숨바꼭질에 재능이 있거든요? 그래서 잘 숨어 있었어요. 당신들이 이곳에 들어오기 전까지는."

말을 마친 가이아는 길드원들을 바라보던 시선을 돌려 호수의 위를 바라보았고 그 순간, 수면 위로 새하얀 점이 생겨났다.

"우리 때문에 네 위치가 들켰고 곧 마왕의 군대가 쳐들어올 거라는 건가?"

"예."

새하얀 점은 점점 더 크기를 불려갔고 곧 거울과 같은 타원형의 게이트를 활성화시키기 시작했다.

"저를 노리는 마왕은 백차. 아이가투스 지파의 마왕이고… 메이지 계열의 괴물들을 즐겨 사용하죠."

"…너를 지키라는 건가? 백차의 공격에 맞서서?"

"그렇죠."

"왜?"

"목숨의 위협에서 벗어나면 패러독스에게 아주 중요한, 그리고 큰 힘이 되어드릴 수 있죠. 이를테면 당신들이 원하는 아이템이나 스킬을 만든 사람이 누구라고 생각하세요?"

가이아다. 인류가 가진 스킬과 능력치, 그리고 아이템은 모두 그녀가 만든 시스템에서 온 것이고 가이아는 그것의 관리자다.

가이아의 말이 끝날 무렵, 새하얀 게이트는 점점 커져 3m를 넘기고 있었다.

"하나만 묻지."

"예."

"너의 목적이 뭐지?"

마치 신혁돈이 이 질문을 할 줄 알았다는 듯, 가이아는 미소 띤 얼굴로 입을 열었다.

『괴물 포식자』 11권에서 계속…

2016년의 대미를 장식할 최고의 스포츠 소설!!

Career record : 984W 26L
Career titles : 95
Highest ranking : No.1(387weeks)
Grand Slam Singles results : 23W
Paralympic medal record : Singles Gold(2012, 2016)

약 십 년여를 세계 최고로 군림한 천재 테니스 선수.
경기 내내 그의 몸을 지탱하고 있는 것은…… 휠체어였다.

『그랜드슬램』

휠체어 테니스계의 신, 이영석(32).
그는 정상의 자리에서도 끝없는 갈망에 사로잡혀 있었다.

"걷고 싶다, 뛰고 싶다. …날고 싶다!!"

뛸 수 없던 천재 테니스 선수
그에게, 날개가 달렸다!!!

Book Publishing CHUNGEORAM

- 유행이 아닌 자유추구 -
WWW.chungeoram.com

투신
강태산

박선우 장편소설
FUSION FANTASTIC STORY

무림을 휩쓸던 '야차(夜叉)'가 돌아왔다.

『투신 강태산』

여행사 다니는 따뜻한 하숙생 오빠이자
국가위기 특수대응팀 '청룡'의 수장.
그리고 종합격투기계를 휩쓸어 버린 절대강자.
전 세계를 무대로 펼쳐지는 투신 강태산의 현대 종횡기!!

"나는, 나와 대한민국의 적을, 철저하게 부숴 버릴 것이다."

서러웠던 대한민국은 잊어라!
국민을 사랑하는 대통령과 절대강자 투신이 만들어 나가는
새로운 대한민국이 펼쳐진다!!

FUSION FANTASTIC STORY

서산화 장편소설

Miracle Direction

기적의 연출

천재 영화감독, 스크린 속 세상을 창조하다!

『기적의 연출』

대문호 신명일과 미모로 손꼽히던 여배우 김희수의 아들 신지호.
일가족은 불운한 사고로 인해 크나큰 비극을 겪는다.
이 사고로 섬광 기억(Flashbulb memory)이라는 능력을 얻게 된 그 순간!
그의 모든 게 달라졌다.

"배우의 혼을 이끌어내고, 관중의 영혼을 붙잡아야 합니다.
그게 제 목표입니다."

완전한 감독을 꿈꾸는 신지호.
이제 그의 영화가, 세상을 홀린다!

Book Publishing CHUNGEORAM

유행이 아닌 자유추구 ~
WWW.chungeoram.com